अथ हवेली कथा

अथ हवेली कथा

भावना शेखर

युवा हिंदी
Zip Zap Books

प्रकाशक : **युवा हिंदी**
भवन संख्या 2/42 (दूसरी मंजिल), अंसारी रोड, दरियागंज, नई दिल्ली–110002
 / संस्करण : प्रथम, 2025 / पेपरबैक मूल्य : दो सौ पचास रुपए
मुद्रक : आर–टेक ऑफसेट प्रिंटर्स, दिल्ली ISBN 978-93-94871-65-6

ATH HAVELI KATHA *novel by* Smt. Bhavna Shekhar ₹ 250.00 (PB)
Published by **YUVA HINDI**
An imprint of **Namaskar Books**
Building No. 2/42 (Second Floor), Ansari Road, Daryaganj, New Delhi-2

समर्पित

पुण्यश्लोक **उषाकिरण खान**

को

मेरी प्रिय दीदी,

जिन्होंने यह उपन्यास

लिखने के लिए उकसाया

मेरी बात

उस दिन बचपन में पढ़ी, प्रिय लेखिका शिवानी की विस्मृत हुई कहानी 'लाल हवेली' से दोबारा गुजरी तो खिड़की से झाँककर लाल हवेली को ताकती नायिका ताहिरा कल्पना में उभर आई। किताब बंद कर मैंने सिरहाने रखी और आँखें मूँद लीं। अब ताहिरा तो नेपथ्य में चली गई पर नींद और मेरे बीच कितनी ही फिल्मों में देखी भूतहा रहस्यमयी हवेलियों, यात्राओं के दौरान राजस्थान के जैसलमेर, शेखावाटी, मध्य प्रदेश के ग्वालियर और दिल्ली के चाँदनी चौक में देखी हवेलियों के धूमिल अक्स शक्ल अख्तियार करने लगे।

इन पुराने महलों, किलो, हवेलियों, खँडहरों के गर्भ में अनगिनत कहानियाँ दबी पड़ी हैं। जीर्ण-शीर्ण या नेस्तनाबूत हो चुकीं इमारतें अतीत में घटित घटनाओं, प्रेम-प्रसंगों, राजा-रानियों के दबे ढके चरित्रों, जमींदारों की उदारता और क्रूरता के किस्सों की गवाह बनी आज भी अपनी स्मृतियों के साए में धड़कती हैं। इनकी टूटी-फूटी भग्न देह के दीदार की ललक में देश-विदेश से पर्यटक खिंचे चले आते हैं अतीत के गौरवशाली इतिहास और सांस्कृतिक विरासत को जानने बूझने की पिपासा लिये। लौटकर कोई इनका इतिहास लिखता है, कोई फिल्म या डॉक्युमेंट्री बनाता है।

मेरे मन में भी हुड़क उठी एक कहानी लिखूँ हवेली की ज़ुबानी। पर ऐसी हवेली जहाँ सदियों पुराने राजे-रजवाड़े, सामंत-जमींदार नहीं, बल्कि आज के साधारण लोगों का बसेरा था। उनकी साधारण जिंदगी थी, और थीं जिंदगी में पैबस्त अच्छी-बुरी बातें, घटनाएँ, खूबियाँ-खामियाँ। जिसके बाशिंदे थे पिछले सौ बरस के भीतर उलझनों दुश्वारियों से दो-चार होते जीवन के आम किरदार।

इस उपन्यास में मेरी कारगुजारी कुछ भी नहीं, हवेली की ही कथा हवेली ही कथाकार। मैं तो बस वेदव्यास के गणपति की तरह एक स्टेनो की भूमिका में रही। जैसे वेदव्यास को महाभारत लिखने के लिए एक लिखने वाले की जरूरत पड़ी। उन्होंने गणेशजी से निवेदन किया कि वे महाभारत लिखें। गणेशजी ने इस शर्त पर हामी भरी कि जब वे लिखने लगेंगे तो उनकी कलम बंद नहीं होगी, यानी वेदव्यास को लगातार बोलना होगा। वेदव्यास ने भी एक शर्त रखी कि जो मैं कहूँगा, वही गणेशजी लिखेंगे, उसके परे एक शब्द भी नहीं। कुछ ऐसा ही समझौता मेरे और कथावाचक हवेली के बीच हुआ।

कोई कहता है महाभारत 3 वर्षों में लिखी गई कोई कहता है 18 दिन में। एक किंवदंती के अनुसार गणेशजी ने 10 दिन में महाभारत लिखी। लगातार लिखने के कारण उनकी कलम टूट गई, तब गणेशजी ने अपना एक दाँत तोड़ा और उसकी कलम बनाकर अधूरा काम पूरा किया। बहरहाल लेखन के दौरान ना तो मेरी कलम टूटी, न ही इसे लगातार लिखा गया। मैंने इस उपन्यास को आठ महीने में पूरा किया।

वास्तव में यह उपन्यास कहानियों का एक कोलाज है। समय की कमी का रोना रोने वाले, उपन्यास के पठन-पाठन से जी चुराने वाले पाठक इसे टुकड़ों-टुकड़ों में भी पढ़ सकते हैं।

पूरी माला न भी मिले, एक मोती को उठाकर तो अँगूठी में जड़ा ही जा सकता है। बशर्ते कि पाठक को हवेली द्वारा बाँचे गए किस्से बेआब

मोती से न लगें। आशा है मेरी लखनी को पाठकों का पहले सा प्यार मिलेगा।

शुभकामनाओं सहित!

—भावना शेखर

1

मानसी दोनों बच्चों के साथ इंडिया हैबिटेट सेंटर से निकली तो लगा किसी बड़े मिशन को अंजाम देकर फारिग हुई है। पिछले ढाई दिन की थकान छूमंतर हो गई। कल और आज के अखबारों में बढ़िया कवरेज से मन महो-महो कर रहा। दो दिन से चलने वाली एग्जिबिशन आज बारह बजे खत्म हुई या मानो तो मानसी की कामयाबी की यात्रा शुरू हुई। पंद्रह सालों में हर दिन सोते जागते पलकों में सपना पलता था, कब उसकी तूलिका का जादू दुनिया देखेगी। अब तक तकरीबन आठ सौ पेंटिंग बना चुकी है, कई बार उसकी चुनिंदा कलाकृतियों को यहाँ-वहाँ प्रदर्शनियों में जाने का मौका मिला है, पर एकल प्रदर्शनी का ख्वाब उसे सोने नहीं देता था। उनींदी आँखों में सपने खदबदाते, निद्रित रातों में कितनी ही बार उसने एग्जिबिशन सजाई और उठाई।

...एक बड़े से हॉल की भित्तियाँ उसकी सौ पेंटिंग्स से लैस हैं। खूबसूरत लैंडस्केप के साथ मानसून में प्रकृति के अद्भुत नजारे, कैमरे से खींची तसवीरों की तरह कैनवास पर रंगों के माध्यम से हुबहू उतारे गए कुदरत के रंग। ऑयल व एक्रेलिक रंगों के बाखूब इस्तेमाल और नायाब संयोजन से थ्रीडाइमेंशनल इफेक्ट में उभरते चित्र। अपनी ही कला पर रीझती वो मतवाली हो जाती, तालियाँ बजाते हुए झूमने लगती। पर...भौंचक रह जाती देखकर कि निपट अकेली है वो हॉल में...एक भी दर्शक नहीं। पेटिंग में बना बीहड़ जंगल बाहर आ गया, उसे चहुँओर से घेर लिया...वो बरगद के पेड़ की जटाओं में

उलझ गई...एक जटा में गरदन फँस गई है...फंदा कसता जा रहा है...घुटी-घुटी चीख के साथ वो उठ बैठी, माथा स्वेदबिंदुओं में नहा गया।

कितनी ही बार भ्रम के जंजाल से गुजरी है, पर आज अंत हो गया ऐसे अधूरे और भयावह सपने का।

आज उसकी चित्रकला प्रदर्शनी का न सिर्फ आयोजन हुआ, कला के कद्रदानों ने दिल खोलकर उसके चित्रों की सराहना भी की। पेंटिंग के माध्यम से उसने दर्शकों को प्रकृति-संरक्षण का संदेश दिया है। उसके चित्रकला-कौशल और मार्मिकता के पुट ने दो दिनों तक देखने वालों को बाँधे रखा। क्यों ना हो, मानसी सिर्फ तूलिका और रंगों से खेलने वाली चित्रकार नहीं, एक कला क्यूरेटर भी है। चित्रकला सिद्धांत और इतिहास में जिसकी गहरी पैठ है। यही उसकी एग्जिबिशन की सफलता का मूल मंत्र रहा।

दोनों बच्चे समापन बेला पर उसके पास पहुँच गए थे, रोहित को दौरे पर जाना पड़ा, वरना ऐसे खास मौके पर वे मानसी के साथ होते।

"मम्मा लेट्स सेलिब्रेट!"

"हाँ मम्मा सेलिब्रेशन तो बनता है।"

बाहर आते ही दोनों बच्चे खुशी से चिल्ला पड़े।

"हम्मम, दो बज गए हैं। लंच टाइम तो हो गया है, तुम लोगों को भूख भी लगी होगी? चलो बताओ, किस होटल में ले चलूँ?" दिलदार अंदाज में मानसी ने बच्चों को जगह चुनने का ब्लैंक चेक दिया।

काफी सारी पेंटिंग्स बिकने से उसकी कमाई भी अच्छी हुई है, आज बच्चे कहें तो वो किसी भी फाइव स्टार होटल में ले जाने को तैयार है।

"ओबेरॉय चलें? वैसे यहाँ का हैबिटेरिया भी कुछ कम नहीं, शुचि के लिए वेस्टर्न ग्रिल और चीकू के लिए बेकर्स बास्केट...है ना!!" मानसी ने दोनों विकल्प बच्चों के सामने उछाल दिए।

"नहीं नहीं, ओबेरॉय जाएँगे। फूड कोर्ट में तो जाते ही रहते हैं।" चीकू मचल कर बोला।

"नहीं, आज मैं डिसाइड करूँगी कहाँ जाना है।" शुचि बड़प्पन की

घुड़की देते हुए चमककर बोली।

"हम जाएँगे चाँदनी चौक, खाएँगे पराँठे वाली गली के पराँठे और देखेंगे नानाजी की हवेली।"

"अरे..." मानसी की आँखें चौड़ी हो गईं।

"नहीं मम्मा हम वहीं जाएँगे, कितनी सारी कहानियाँ आपसे सुन चुके हैं नानाजी की हवेली की और पराँठों की इतनी सारी वैरायटी—गोभी, मूली के साथ पनीर का पराँठा, गोभी का पराँठा, खोए का पराँठा, मलाई का पराँठा...।"

"बस.. बस.. बस! बस भी करो, सारा मेनू चार्ट पढ़ दोगी क्या!" गाड़ी का गेट खोलते हुए मानसी बोली।

"बा मुलाहिजा होशियार! आ रही है मानसी एंड कंपनी की सवारी चाँदनी चौक की ओर...टैं टे णा...।" बेटी शुचि ने अपने प्रस्ताव पर मोहर लगाते हुए घोषणा कर दी।

मानसी की उँगलियों ने उसी दिशा में स्टीयरिंग घुमा दी। चीकू का मुँह सूज गया था, फाइव स्टार का मौका हाथ से निकलने से ज्यादा अपनी हार का मलाल था।

"मुझे नहीं खाने पराँठे-वराँठे और कोई हवेली भी नहीं देखनी...।" मुँह बिचकाकर बोला।

"अरे देखना, कितना मजा आएगा बुद्धू! अपने फ्रेंड्स को सुनाएगा ना, तो सब घेरा डाल के आ जाएँगे सुनने और तू बन जाएगा हीरो हीरालाल ऑफ पराँठे वाली गली एंड नानाजी की हवेली...टैं टे णा...।" बहन आगे बैठे भाई की पीठ में गुदगुदी करने लगी। अब की वह भी हो हो कर हंसने लगा।

यों ही बतियाते हँसी के गुब्बारे उड़ाते वे चाँदनी चौक पहुँच गए। गाड़ी पार्क करके आधे घंटे में सब पराँठे की दुकान में हाजिर। तीन जनों ने छह वैरायटी के पराँठे मँगाए और चटखारे ले-लेकर खाए। दुकान से निकलते ऐसे लगा जैसे पेट फूलकर कुप्पा हो गया हो। यहीं-कहीं खटिया मिल जाती तो अभी की अभी पसर जाते।

"मम्मा अब तो चला नहीं जा रहा, रिक्शा ले लो गाड़ी तक जाने के लिए।" बेटा पेट ऐंठाकर बोला।

"हुँ, तब तो मम्मा एक और...एक और, अब जनाब के कदम नहीं उठ रहे। चलो चुपचाप! थोड़ा पैदल चलोगे तो खाना हजम होगा।" मानसी उसे खींचते हुए बाहर निकलने की बजाए भीतर की सँकरी गलियों की ओर बढ़ चली। दस-बारह मिनट में उन्होंने छोटे-छोटे मोड़ मुड़ती पंद्रह-बीस गलियाँ नाप डालीं। गली के अंतिम छोर पर आकर मानसी ठिठक गई।

क्या मैं गलत पते पर आ गई हूँ?...1162 छत्ता मदन गोपाल--उसने मन-ही-मन पता दोहराया। पलटकर देखा, दाईं ओर की हवेली के फाटक पर लिखा था 1163 छत्ता मदन गोपाल। पर हवेली... ? असमंजस ज्यों-का-त्यों था।

"मम्मा, कहाँ है हवेली ?" बेटी पूछ बैठी।

फटी-फटी आँखों से देखते हुए मानसी ने सामने की ओर उँगली घुमाई। कुछ बोल ना सकी। रूबरू एक खँडहर खड़ा था, और था गली के एक हिस्से में समेटकर रखा गया बड़ा सा मलबे का पहाड़।

"अरे हवेली कहाँ गई। किसी भूकंप के कारण ढह गई क्या ? पर नहीं... लगता है हवेली टूटी नहीं इसे तोड़ा गया है।

"भाई साहब! यहाँ जो हवेली थी उसका क्या हुआ।" बगल के मकान से निकलते एक अपरिचित से पूछ बैठी।

"मैडम यहाँ अपार्टमेंट बन रहा है।"

"अपार्टमेंट ?" वह लगभग चिल्ला उठी। व्यक्ति तब तक जा चुका था, पर उसकी चिल्लाहट सुनकर हवेली जाग पड़ी।

"मन्नू... ! "

मानसी चौक गई। लगा किसी ने कंधे से पकड़कर उसे झिंझोड़ दिया हो।

बदहवास मानसी इधर-उधर देखने लगी। उसे लगा समंदर की तेज लहर आई और एक खूबसूरत घरौंदे को लील गई या उसकी बनाई नायाब पेंटिंग

के अचानक सारे रंग उड़ गए। जिंदगी खाली कैनवास सी लगने लगी। उसके बचपन की...लड़कपन की बेहिसाब स्मृतिरेखाएँ मानो निर्ममता से रगड़कर किसी ने मिटा दी हों। हवेली आने की चाहत को सालों से बहलाए जा रही थी। आज खुद को ठगा सा महसूस कर रही है, खुद से किया वादा ना निभा सकी। बहुत देर कर दी...एक बार अपनी यादों के जीते जागते ताजमहल को देख लेती। जहाँ जन्म लिया, घुटनों के बल चली, लड़खड़ाते हुए पहला कदम उठाया और फिर सधे कदमों से उम्र के बीस बरस गुजारे...आज अचानक जिंदगी की फिल्म से जैसे वो सारे दृश्य काट दिए गए हों। उसके दिलोदिमाग पर नॉस्टेल्जिया छा गया। उदासीनता गिरफ्त में लेती, उसके पहले सामने की भग्न इमारत पर तरल दृष्टि डाली फिर दोनों बच्चों का हाथ पकड़कर मुड़ गई वापस जाने को।

"मन्नू...मन्नू!" मानसी कुछ ना सुन सकी।

"मन्नू...मन्नू, रुको बिटिया! मुझसे दो बातें तो करती जाओ...।"

मानसी का मन बियाबान हो चुका था। आड़े तिरछे कदम रखते वह भाग जाना चाहती थी इस गली से जो उसके शैशव से लेकर यौवन तक की साक्षी थी। कहाँ है वह हवेली, जिसमें उसकी नाल गड़ी थी। जिसने पल-पल उसे बड़ा किया। जिसने उसे नहाते-धोते, खाते-पीते, उछलते-कूदते देखा। जो लड़कपन की राजदार रही, जाने कितनी बार छुप-छुपकर रोती मन्नू के आँसू पोंछे और जाने कितनी बार उसके साथ खिलखिलाई...कहाँ है वो हवेली...!

"मैं यहाँ हूँ बिटिया, यहीं हूँ...जहाँ तुम सब मुझे छोड़ गए थे, आज भी उसी मोड़ पर खड़ी हूँ। बूढ़ी हूँ, बीमार हूँ, लाचार हूँ...।" हवेली की लरजती आवाज मानसी के कानों तक पहुँचने से पहले लड़खड़ा गई।

साँसों की टूटती शृंखला को जोड़कर हवेली बड़बड़ाने लगी, "पूछती हो, कहाँ है हवेली...अरे कहाँ जाऊँगी, तुम सब तो एक-एक कर उड़ गए घोंसले से...मुझे छोड़ दिया।"

□

2

मैं तो पिछले सौ साल से खड़ी थी गली के इस अंतिम छोर पर बिल्कुल टी पॉइंट की तरह दोनों ओर खड़ी दो-चार हवेलियों और बड़े-बड़े मकानों को ताकती पर कोई एक ऐसा भी है, जो पूरी गली के साथ-साथ लगातार मुझे भी ताकता रहता, कहूँ तो ताड़ता रहता। मेरा पुराना साथी, मेरा हमजोली, मेरी कहानी का साक्षी, मेरे सुख-दुःख का साझीदार बीहड़ जटाओं वाला विशाल पीपल का पेड़। आकाश की ओर सर उठाए झूमता रहता, लेकिन ममता में भरकर अपनी डालियों समेत झुक जाता गली पर, बिल्कुल रोशनी बिखेरते लैंप पोस्ट की तरह।

मन्नू को भी पता है गुलिवर की देह सा यहाँ से वहाँ तक फैला हजार शाखाओं वाला यह पीपल दर्जनों घरों में कैसे घुसपैठ किए हुए था। अपनी मटमैली बाँहें फैलाए बंदरों की फौज का आवाहन करता। बंदर, जो डालियों की पगडंडियों से उतरकर किसी भी झरोखे छज्जे में घुस जाते और अनिमंत्रित अतिथि बन किसी भी हवेली में घुसकर कुदकते...धमाल मचाते। आयकर विभाग के औचक छापे की तरह उलट-पुलट कर देते घरों को...साजो-सामान को।

अपने सघन पत्तों के झुरमुट में बर्रों का एक आध छत्ता हर साल लटका ही लेता यह पीपल और छत्ता होता फसाद की जड़! एक चुनौती...खतरनाक मुहिम! फिर चलता मोहल्ले भर में ऑपरेशन छत्ता।

लेकिन जो हो, मेरा हमजोली पीपल है बड़े काम का! उमस भरी रातों

में छत पर करवटें बदलते ठंडी हवा को तरसते बेकल जिस्म, घुप्प अँधेरे में धुँधली निगाह से इसी पीपल को ताकते। पर मजाल है जो दबंग डालियाँ एक पत्ता भी हिला दें। दरअसल चुहलबाज दादा की बूढ़ी ठिठोली होती यह तो! हा हा हा, कुछ देर बच्चों को सताया फिर खुल जा सिम-सिम की तरह खोल देता ताले में बंद पत्ते। हिल-हिलकर झूम-झूमकर उलीचता हवा के झरने हर छत और आँगन में। सबके होंठ बुदबुदाते एक प्रार्थना की तरह। कितने अच्छे हो पीपल बाबा!

हफ्ते भर की उकताहट से भरी औरतों का ताँता लग जाता शनीचर की शाम पीपल तले, जल चढ़ाने...पुण्य कमाने...अला बला टालने। संध्या का उत्सव देख सब सोचते क्या होता जो यह पीपल ना होता!

किसी रडार की गिरफ्त में आते वायुयान की तरह या बरमुडा ट्रायंगल में लुप्त हो जाते जलयान की तरह भटककर अटककर खो जातीं नीली-पीली-लाल-गुलाबी पतंगें पीपल की डालियों में। कैसे लूट पाते बच्चे इन सजीली कटी पतंगों को जो यह पीपल ना होता।

जेठ की दारुण गरमी में लुढ़का देता आकाश अग्नि कुंड। छाया भी छाया ढूँढ़ती समूची धरती पर...आसरा खोजती दुबक जाती आकर इन्हीं गलियों में। पीपल की छाया में खेलते बच्चे उँगली पकड़कर ले जाते साँवली छाया को, संग-संग खेलते आई स्पाई या पोसम पा भई पोसम पा। मन्नू को सब याद होगा खेल का मैदान बनी गली पर कैसे तना रहता ठंडे चंदोए सा मेरा सखा यह पीपल...।

पर देखो आज मुँह फेर कर चली गई, मैंने कितना पुकारा, सुनकर भी अनसुना कर दिया...और पीपल की ओर तो ताका तक नहीं। हम दोनों बूढ़े जो हो गए हैं...किसे कदर है सूखी नदी और बूढ़े बैल की...कदर तो होती है जवान और जवानी की। ताकत और खूबसूरती की।

□

3

आह! वह भी क्या जमाना था!

मैं इतराया करती अपने वजूद पर, क्योंकि उस दिल्ली का हिस्सा रही, जो सबकी दिलरुबा थी। जाने कितनों को लुभाया, कितनों को ललचाया। तभी तो आठ बार बसी सात बार उजड़ी। जिसका सफर इंद्रप्रस्थ से लेकर शाहजहानाबाद तक चलता रहा। पाँच सौ साल के वैभव को हाल तक अपने अवशेषों में उजागर करती रही यह आलीशान नगरी!

इस दिलकश शहर के संबसे अमीर शख्सों ने मुझ जैसी हवेलियाँ को बनवाया था, जिनके ठाठ बाट किसी राजा महाराजा से कम न थे। उस दौर में उनके पास टेलीफोन और गाड़ी हुआ करती थी।

दिल्ली की तंग गलियों में कितनी ही शानदार हवेलियाँ थीं, जिनमें बड़े हवादार कमरों के साथ, बड़े आँगन थे। आदमकद बेल्जियम शीशे के आईने, बड़े-बड़े झूमर, नक्काशीदार सजावट वाले फर्नीचर, हाथी दाँत की मूठ वाले उपकरण, अखरोट की लकड़ी से बने पलंग, संदूक, अलमारी, टेबल और भी कई एंटिक चीजें किसी का भी ध्यान अपनी तरफ खींच लेतीं। मैं भी कुछ कम नहीं थी, मेरी छत से खुले आसमान को देखना मानो हाथ बढ़ाकर आकाश के तारों को चुन लेना था।

मेरे पड़ोस में दो सौ साल पुरानी खूबसूरत हक्सर हवेली हुआ करती थी। मैं गवाह हूँ यहाँ जवाहरलाल नेहरू ने कमला कौल से विवाह किया था। अब तो यह कई हिस्सों में बँट चुकी है। और भी कुछ पुरानी हवेलियों पर नए खोल

चढ़ाए जा रहे हैं। सत्ताईस बुर्जों और चौदह दरवाजो वाली दिल्ली की जान चाँदनी चौक की क्या शान थी! और इसके बीच से बहती नाहर-ए-बहिश्त के क्या कहने!

आज दिल्ली की पुरानी हवेलियाँ भले ही मेरी तरह अपनी सजधज बुलंदी और वजूद खो चुकी हैं, लेकिन उनके बुर्ज और परकोटे अतीत की शानो-शौकत के साथ वास्तुकला का नायाब नमूना पेश करते थे।

सोचती हूँ मुझे कितना गुमान था खुद पर, आज क्या से क्या हो गई हूँ। मेरे आजू-बाजू की हवेलियाँ अब किसी होटल, खूबसूरत बुटीक या मार्केट कॉम्प्लेक्स में बदल गई है। बदलते माहौल और समय की क्रूर हवाओं में मुझ जैसी कितनी ही हवेलियाँ ताश के पत्तों की तरह ढह गईं।

मेरी छाती पर दिन रात हथौड़े बजते हैं, मलबे के ढेर लगे हैं, उड़ती धूल आँखों में किरकिरी बनकर चुभती है। फेफड़ों में मिट्टी के टीले बन गए है, पर उन टीलों के भीतर धड़कते दिल में आज भी जिंदा हैं चाँदनी चौक की हसीन यादें! दिल्ली के दिल में बसा चाँदनी चौक जहाँ की नायाब हवेलियों में से एक हुआ करती थी मैं। चाँदनी चौक जिसने कितनी ही मिल्कियतें बनते बिगड़ते देखीं, कितनी दास्तानें सीने में दबाए आज भी लाल किले की जानिब टकटकी लगाए खड़ा है।

कभी यहाँ शाही रवायतों की जिंदा मिसाल मीना बाजार आबाद था, जो बेगमों क़नीजों के हुस्नो शबाब से गुलजार रहता। बीचोबीच यमुना के पानी का सोता बहता। बल्लीमारां इसका प्यारा मोहल्ला, नज्मों के शहंशाह गालिब की रिहायश, जहाँ लरजती गालिब की शायरी और टपकता गजलों का नूर।

फतेहपुरी की मसजिद भी कुछ कम नहीं जहाँ आज भी खुदा की खुदाई का नायाब मंजर दिखता है। अल्लाह ओ अकबर के साथ अजान की नमाज और शाम की बंदगी हुआ करती है। चाँदनी चौक की फैली हुई बाँह की तरह जौहरी बाजार है दरीबा कलां—हीरे, पन्ने, मोती, माणिक, नीलम और मूँगे से दमकता आज भी सोना-चाँदी पहने वैसे ही इतराता है। देसी सेठ साहूकार

से लेकर गोरे विदेशी नायाब पत्थरों की तलाश में खाक छानते हैं दरीबे की गलियों की।

चाँदनी चौक की चटोरी जीभ के क्या कहने! गली पराँठे वाली इसकी जान हुआ करती थी। धीरे-धीरे वक्त ने देसी घी की खुशबू उँड़ेलते भारी तवे छीन लिये। पराँठे तलते हाथों में कलछुल की जगह आ गया कपड़े नापने का फीता। इक्का-दुक्का दुकान को छोड़कर पूरी गली साड़ियों की दुकान में तब्दील हो गई है।

अलबत्ता सुबह दो-तीन घंटे के लिए किदारा हलवाई की दुकान पर छन-छन छनकती नगौरी के साथ हलवे का नाश्ता पाने या कहो तो लूटने की होड़ लगी रहती है। कुल्फी जलेबी तो बहुत खाई होगी, पर यहाँ के कलमी बड़े, कमरख वाली फलों की चाट और हथेली भर साइज का जलेबा कहीं मयस्सर नहीं। घंटेवाले हलवाई और नटराज के दही भल्ले की तो मैंने बात ही नहीं की। ठेलों पर सजे नानखटाई के पिरामिड, भुनी हुई शकरकंदी की चाट, थाली जैसे बड़े-बड़े चावल के पापड़...आहा, क्या-क्या याद करूँ! स्कूल से लौटते बच्चे रास्ते भर कागज के ठोंगे में रखे मिर्ची से लस्त सुर्ख आलू के चिप्स सी-सी कर खाते, यह देख मेरे मुँह में भी पानी भर जाता। दिन भर के किस्से सुनते सुनाते वे घर की राह लेते।

दुबला-पतला मनोहर फूल वाला अब फूलकर कुप्पा हो गया है, काले घुँघराले बाल पककर खिचड़ी हो चुके हैं। छबीला पान वाला भी बुढ़ा गया है। बस तिराहे का लेटर बॉक्स आज भी सीधा खड़ा है मुँह फाड़े। कभी-कभार कोई आता है हाथ घुसाकर इसके पेट में कुछ डाल देता है। मैंने देखा है नस्लों को बदलते, मोबाइल-कंप्यूटर को रेडियो-ग्रामोफोन निगलते। पर इन सबसे अनजान बाबा आदम के जमाने का यह लेटर बॉक्स रहा लकीर का फकीर... लाल रंग में पुता वैसा का वैसा!

कैसे भूल जाऊँ चवन्नी-अठन्नी से पहले वाला इकन्नी-दुअन्नी और टके का जमाना। दो पैसे की लॉटरी में पाँच पैसे निकल आने पर किसी बच्चे का शाहजी की दुकान पर जाना। पंद्रह-बीस किलो पकौड़े बिक जाने पर

परात में बचे पकौड़ों के चूरे की खरीदारी करना...शाहजी का दिल खोलकर कुरकुरे चूरे से भरा दौना बच्चे की खुली हथेली पे धरकर लकड़ी की कलछी से हरी चटनी टपका देना...बच्चे का दीन-दुनिया से बेखबर हो फिर छककर खाना...मुँह में आग लग जाना, आँख-नाक-कान से धुआँ निकल आना। सी-सी कर दौड़ते हुए म्युनिसिपालिटी के नल पर जाना, मुँह लगाकर पानी पीना, कमीज की आस्तीन भिगो देना। आहा, कैसा नजारा, कैसा स्वाद और कैसी वो याद... !

रिक्शों की ठेलों की बेहिसाब भीड़, गुरुद्वारे मंदिर से घंटियों की रुनझुन, भक्तों की भीड़ और मंगतों का हुजूम। "हट के" "जरा बचके" का शोर करती कभी बैलगाड़ी गुजरती कभी ताँगा।

दिल्ली की खारी बावली जैसा अनूठा बाजार पूरे एशिया में नहीं। खारी बावली में अनाज मेवा मिश्री मसाले की खरीद-फरोख्त करते बावले से ग्राहक मोल-भाव को लेकर कितनी चिल्ल-पौं मचाते। आज किराना का यह सबसे बड़ा बाजार कभी नहाने-धोने की गैरजरूरी जगह हुआ करता था। शाहजहाँ के जमाने में खारे पानी की बावड़ी होने की वजह से नहाने धोने और जानवरों को नहलाने के लिए इस्तेमाल किया जाता था।

दिल्ली गवाह है, उसने देखा है लाहौरी और काबुल दरवाजों से व्यापारियों को आते और इसी इलाके में ठहरते। वे अफगानिस्तान से सूखे मेवे और मसाले लाते बिक्री के लिए। रफ्ता-रफ्ता खारे पानी का वजूद काजू, बादाम, पिस्ते और चिलगोजों की मिठास में तब्दील हो गया। अलबत्ता नाम जस-का-तस रहा। मसालों की खुशबू और सूखे मेवों की मिठास आज भी नाम के खारेपन को नहीं मिटा पाई।

कहते हैं हाथ की लकीरों में भविष्य छिपा रहता है। चाँदनी चौक की सँकरी गलियाँ पुरानी दिल्ली की हथेली की तरह हैं, इस हथेली से गुजरकर कितने ही कदमों ने ऊँचा मुकाम पाया है, अपना मुस्तकबिल सँवारा है। जैसे मेरी मन्नू, जैसे राजू, जैसे कुंती। कइयों ने अपना भविष्य बिगाड़ा भी जैसे ओमी, जैसे पन्ना, जैसे लालचंद, जैसे अतुल। कोई बना कोई बिगड़ा, कोई

उठा कोई गिरा—सब मेरी आँखों देखी या कानों सुनी कहानियाँ हैं। सब सुनाऊँगी। मन्नू को देखकर पलंग के नीचे रखे दादी के बक्से की तरह मेरी यादों की पोटली से बाहर आ गए लगते हैं सारे किस्से। मेरी प्यारी मन्नू... वह चिरैया तनिक ठहर जाती तो उसे सुनाकर कलेजा हलका कर लेती। पर जानती हूँ वह मुझे यों उजड़ता ना देख पाई। भाग गई, पगली!

जरा चाँदनी चौक का किस्सा पूरा कर दूँ, फिर सारे किरदारों को मिलवाऊँगी जिनके बिना गली छत्ता मदन गोपाल की हवेली नंबर 1162 की दास्तान अधूरी है।

यहाँ के झरोखों से इतिहास झाँकता है, यहाँ की आबोहवा में कितनी ही कहानियाँ तैरती हैं। इसकी चहल-पहल में कल और आज के अनगिनत फसाने पैबस्त हैं। दिल्ली की रुह तो इन्हीं तंग गलियों में बसती है, जहाँ सूरज भी बमुश्किल ताका-झाँकी कर पाता है। दिल्ली बाहर भले ही कितनी बेफिक्र बेलौस दिखे पर भीतर बड़ी संजीदगी से पुरानी तहजीब और रवायतों का पल्लू ओढ़े बैठी है। कभी निगाहें चुँधियाती थीं इसका वैभव देखकर। आज कानों में सिसकियाँ सुनाई देती हैं मुझ जैसी हवेलियों और उसमें छूट गए बाशिंदों की।

सब कहते हैं शाहजहाँ की खूबसूरत बेटी जहाँआरा के सपनों का शहर था दिल्ली। खरीदारी की शौकीन राजकुमारी के लिए शहंशाह ने बाजार बसा दिया— चाँदनी चौक। जिसे जहाँआरा ने खुद डिजाइन किया। तकरीबन पंद्रह सौ दुकानों से लैस इस बाजार के बीचोबीच बनी नहर में कालिंदी का पानी बहता। पूनम की रात साँवले पानी में चाँदनी छिटकती तो लगता किसी ने चाँदी का जखीरा उँड़ेल दिया हो। आजू बाजू की दुकानें इस खूबसूरत नजारे को देख निहाल हो जातीं। तंग गलियों में खड़ी मुझ जैसी हवेलियाँ भी दीदार को तरसतीं, लेकिन गुजरते वक्त की मार से कोई बचा है क्या! अपनी तरह इसका भी तिल-तिल हश्र होते देखा है मैंने।

एक जमाना था, जब हवेली में रहने वाले रईस अपनी शानदार खुली बग्घियों में बैठकर घंटाघर, टाउन हॉल और पार्कों में सैर करने जाते और घर की औरतें कहारों द्वारा उठाकर ले जाई जाने वाली पालकियों में बैठकर

जनाना बाग जातीं। हवेलियों में ताँगे की सुविधा जरूर होती थी। यही वजह है पुरानी हवेलियों में अस्तबल हुआ करते।

बाद में आवाजाही के लिए ट्राम और ताँगे इस्तेमाल में आने लगे। अंग्रेजों की देखा देखी यहाँ के रईस भी विंटेज कारें खरीदने लगे थे। पर एक रईस ऐसा था, जिसकी पाँचवीं पीढ़ी ने सबकुछ लुटा दिया।

वही मेरी कहानी का पहला किरदार है...

□

4

लाला झाबरमल की चौथी पीढ़ी का इकलौता वारिस ओमी यानी ओमस्वरूप। नाम में तो देवत्व की अभिव्यक्ति लेकिन काम में निपट नालायक, निकम्मा और अय्याश।

लालाजी ने कितने शौक से अपनी रिहायश के लिए मुझे यानी हवेली नंबर 1162 को बनवाया, सजाया सँवारा। तब गली में चार-पाँच हवेलियाँ पहले से बनी हुई थीं, पर मेरी शान शौकत लालाजी की नाक से जुड़ी थी। उनकी हवेली बाकियों से बीस होनी चाहिए, इसके लिए तिजोरी का मुँह खोल दिया। धनुषाकार संरचना वाले लोहे के फाटक से लेकर हर कमरे के मेहराबदार दरवाजे बनवाए गए। मुख्य द्वार के दोनों पल्लों पर पीतल में मढ़ी उत्तरमुखी सूँड़ वाली गणेश की मूर्तियाँ अंकित थीं। भीतर झाड़ फानूस और वास्तुकला की बड़ी-बड़ी कलाकृतियाँ, महीन नक्काशी किए हुए लकड़ी के फर्नीचर, पीतल के हत्थों वाले संदूक और धातुओं के गुलदान-पानदान और हुक्के राजसी ठाठ-बाट का नजारा पेश करते।

लालाजी ने अंग्रेजी राज में टेक्सटाइल मिल खोली। अपनी मेहनत और पुश्तैनी तजुर्बे से खूब माल कमाया और फिर शानो-शौकत व रुतबे के मुताबिक हवेली में उँड़ेल दिया। मुझे भी अपने रूप पर लालाजी से कुछ कम गुमान नहीं था। लालाजी की दो पुश्तों ने बाप दादा की विरासत को सहेजकर रखा। पर उनके प्रपौत्र की अदूरदर्शिता, खराब सेहत और व्यापार पर ढीली पकड़ ने मिल को डुबो दिया। मैंने देखा है उनके जीते जी किशोर ओम

स्वरूप को निरंकुश होते, गलत संगत में पड़कर जुआ खेलते, औरतबाजी करते।

माँ लालपरी तेरह साल में ब्याह कर हवेली में आई। पंद्रह साल में ओम और सत्रह साल में गौरा गोद में आ गई। पच्चीस बरस में लाल परी की कंचन काया ने वैधव्य का बाना ओढ़ लिया। जिसने कभी सर से पल्लू नहीं उतारा, पालकी के बिना ड्योढ़ी नहीं लाँघी, वह क्या जाने दीन-दुनिया, समाज, समझदारी और दुनियादारी। दो-चार विश्वस्त सहायकों की देख-रेख में बच्चों को पालने लगी। बची-खुची पूँजी चुकने लगी थी, गहने बिक चुके थे, धातु की मूर्तियाँ, ताँबे और पीतल के बरतन, कीमती फर्नीचर तक नीलाम हो चुके थे। झाड़ फानूस की रंगीन चिमनियाँ कब से दीए-मोमबत्ती के लिए तरस रही थीं। सब की निगाह मेरी ओर थी, आखिर मुझे गिरवी रख के जो रकम मिली, उसमें कुछ दान-दहेज देकर बेटी को इज्जत से ब्याहने के काम आई, बाकी ओम झपटकर ले गया। छप्पन भोग से सजी थालियों पर एहसान जताने वाली लालपरी को खाने के लाले पड़ गए। अय्याश बेटा कई कई दिन घर न आता। देनदार कर्ज का तकादा करता, पर ओम स्वरूप तो जी.बी. रोड के किसी कोठे पर शराब के नशे में धुत् पड़ा रहता। आखिर लालपरी के रहने के लिए पहली मंजिल छोड़कर चार मंजिला हवेली में कई किराएदारों को बसा दिया गया।

जिस दिन मेरे असली मालिक के नालायक वंशज ओमी ने हवेली को गिरवी रखा, मेरी कुंडली में भी राहु केतु आ बैठे थे। शनि की साढ़े साती नहीं कह सकती, क्योंकि मेरे दुर्दिनों की उम्र साढ़े सात साल नहीं, पचास साल थी। चार मंजिला हवेली में अब नौ किराएदार मेरे सीने पर बोझ की तरह रहने लगे। सबसे नीचे आँगन के चारों ओर बने चार कमरों और चौंतरी पर बने दो कमरों में चार किराएदारों की रिहायश थी। पहली मंजिल पर दरबदर होने से पहले लालपरी, दूसरी पर लालचंद के साथ सुरेश चंद का परिवार रहता। तीसरी मंजिल पर दो किराएदार और सबसे ऊपर बनी दो बरसातियों में से एक में चंद्रकांत सपरिवार रहता। दूसरी बरसाती फिलहाल खाली थी।

मैंने लालाजी के वंशज को राजा से रंक बनते देखा है। जवानी के नशे में चूर ओम अपनी बरबादी से बेखबर था, पर मेरी ईंट पत्थर की दीवारों ने पतन की इस पीड़ा को झेला है। एक जमाना था मुझे किसी शहजादी की तरह बड़े चाव से सजाया सँवारा जाता, हर दीवाली रंग-रोगन और पुताई होती। दीवारों पर मढ़ी टाइलों को बिना नागा चमकाया जाता। अब तो ये दिन-ब-दिन बदरंग होने लगीं। पीतल की नक्काशियाँ काली पड़ने लगीं। निर्मोही किराएदारों के हाथों अपनी बेकद्री की कहानी क्या सुनाऊँ! आठ-दस नौकरों के साथ चार पाँच बाशिंदों की रिहायश वाली इस हवेली पर दर्जनों लोगों की फौज काबिज हो गई। उनकी दिन-रात चहलकदमी उठापटक से मेरी छाती दुखने लगी।

ओम स्वरूप को कर्ज देने वाला अब कोर्ट पहुँच गया था, कर्जे की उगाही के लिए। आखिर कोर्ट में बोली लगी और मैं बिक गई। अब मैं अपने निर्माता के वारिसों के हाथ से निकलकर एक नए मकान मालिक की जागीर बन गई। मेरी कहानी का अगला किरदार मेरा नया मकान मालिक है। नाम है कमलकांत उपाध्याय।

□

5

देश को आजाद हुए पाँच बरस बीत चुके थे। मैंने मुगलों के किस्से सुने, अंग्रेजों की मक्कारियाँ देखीं। खुद को सजते सँवरते और फिर लुटते-पिटते देखा। मेरी चार मंजिला शख्सियत पर अखौरी ईंटों से बनी मजबूत दीवारें प्लास्टर झड़ते-झड़ते कमजोर होने लगीं। एक हिस्सा नंगे बदन पर धूप घाम झेलते जर्जर होता गया। न लालपरी है न ओमस्वरूप, मैं अकेले ही अपनी हालत पर आँसू बहाती रही। मुझे जिस शख्स ने खरीदा, वह अपने परिवार के साथ दूसरी मंजिल पर रहने आ गया। क्या यह मेरी कुछ साज-सँभाल करेगा—मैं इसे आँकने में लगी रही।

मैंने कौड़ी, दमड़ी, आना, धेला, पाई का जमाना देखा है। तब छेद वाले पुराने सिक्के भी खूब चलते थे। उन्हें खोने से बचाने के लिए रस्सी में पिरो लिया जाता या चमड़े की सुतली में पिरोकर गले व कमर में आभूषण के रूप में पहना जाता था। बाद में ये सब पुरानी मुद्राएँ बंद कर दी गई और वक्त शुरू हुआ रुपए और पैसे का।

1955 में जब सोने की कीमत उनासी रुपए तोला (प्रति दस ग्राम) थी, तब कमलकांत उपाध्याय ने मुझे चौदह हजार रुपए में खरीदा था। वणिकों के मोहल्ले में इकलौता ब्राह्मण। ब्राह्मण ठहरे बेचारे दरिद्र नारायण, इतना पैसा कहाँ से आया-पूरी गली में यह चर्चा का विषय था। कोई खुलकर न कहता, पर मैंने हर हवेली से आई फुसफुसाहट को सुना है। जिसमें कमोबेश ईर्ष्या का पुट हुआ करता। हैरानी तो मुझे भी हुई थी, यह आदमी दिल्ली वाला तो नहीं

लगता। जरूर कहीं परदेस से आया है।

उम्र पैतीस के भीतर थी, ऊँची कद काठी, गौर वर्ण, तेजस्वी मुख मंडल। इसकी पत्नी को देखकर मेरी आँखें चुंधिया गईं। बीस बरस की कमनीय काया, केसर मिले सफेद मक्खन सा दिप दिप करता गुलाबी रंग, आँखें मानो कमल पत्र के दौने में दो मछलियाँ, इस अपूर्व सुंदरी को निरखते मन न अघाता। दमयंती नाम था उसका। परिधान के कारण भी वह उत्सुकता का केंद्र थी। कमलकांत तो यहाँ के अन्य पुरुषों की तरह धोती-कुर्ताधारी हमपोशाक पर दमयंती सलवार सूट की वजह से स्त्रियों के बीच अलग दिखती। शुरुआती दिनों में पूरे मोहल्ले के लिए पति-पत्नी अबूझ पहेली थे। कुछ ने अटकल लगाई कि पंजाबी हैं। पर नहीं, इनकी तो भाषा भी अलग है। ऐसा गोरा गद्गद रंग मैदानों में कहाँ होता है। जल्द ही पता लगा कि कश्मीर से आए हैं। फिर तो दमयंती के लिए सबकी जुबान पर कश्मीरन संज्ञा चढ़ गई।

कश्मीर में बादाम पिस्ते और केसर का पुश्तैनी धंधा करने वाले बड़े व्यापारी की संतान थे कमलकांत।

जैसे-जैसे बड़े हो रहे थे महत्त्वाकांक्षाएँ बढ़ रही थीं। दिल्ली जाकर पढ़ना चाहते थे, पर इकलौती औलाद के मोह में बँधे पिता ने अनुमति नहीं दी। बुढ़ापे की दहलीज पर खड़े पिता छोटी सी बीमारी में चल बसे। अचानक पिता का जाना कमलकांत के लिए बड़ा सदमा था। जी उचट गया, पुश्तैनी कारोबार छोड़कर पत्नी और माँ के साथ दिल्ली चले आए।

एक मित्र की मार्फत पता लगा छत्ता मदन गोपाल की हवेली नंबर 1162 बिक रही है। जिनके पास हवेली रहन थी, वे बार-बार पैसे का तकादा कर रहे थे। पैसे ना होने के कारण ओम स्वरूप हवेली छुड़ा न सका। आखिर मेरे नीलाम होने की नौबत आ गई, बोली लगी। मुझ में रहने वाले नौ किराएदारों में सबसे दबंग और रईस माना जाने वाला लालचंद मैदान में उतरा, दूसरी ओर कमलकांत थे। आठ हजार से बोली शुरू हुई, दोनों एक से बढ़कर एक बोली लगाने लगे। लालचंद बारह हजार के ऊपर नहीं जा सका, कमलकांत

कश्मीर से कड़कड़ाते नोटों की गड्डियाँ लाए थे। उनके चौदह हजार का जुमला उछालते ही लालचंद पस्त पड़ गया। मैंने सुना यह बोली कोर्ट में लग रही थी। कमलकांत ने गिनकर रुपया जज के सामने रख दिया, देनदार ने अपनी रकम वसूली और जज के सामने सिर झुकाकर चलता बना। बचे हुए रुपए जज ने ओम स्वरूप के हवाले किए। ओम ने अपने हाथ में आए रुपए तत्क्षण जी.बी. रोड रेड लाइट एरिया से साथ आई अपनी प्रेमिका को दे दिए। यहाँ से पतन शुरू हुआ उसकी माँ लालपरी का।

□

6

इधर हवेली बिक गई थी, बेटा कोठे पर जाकर बस गया। मकान मालिक अपने परिवार के साथ पहली मंजिल पर रहने लगा। लालपरी दर-बदर हो गई। बेटी कभी-कभी अपने घर ले जाती, लेकिन बेटी के घर का पानी पीना पाप था उसके लिए। फिर दामाद की टेढ़ी नजर को झेलना अलग यातना। डूबते जहाज को छोड़कर चूहे भाग जाते हैं। इसी तरह विपन्न ससुराल दामाद के लिए त्याज्य होता है।

लालपरी एक आध दिन रहकर बेटी के घर से भाग जाती, यहाँ वहाँ भटकती रहती। कोई दूर-पास का रिश्तेदार परिचित-अपरिचित दो जून खाना खिला देता, कोई चाय-शरबत पिला देता, कभी भूखे पेट ही किसी रैन बसेरे में पड़ी रहती।

एक जमाना था धनाढ्य परिवार की बहू, सामंती ठाट बाट की प्रतीक, गहनों से लदी लालपरी जब पालकी में बैठकर कहीं जाती तो राह चलते लोग रास्ता छोड़ गली के दोनों ओर अदब से खड़े हो जाते थे, पर जवानी में माँग उजड़ने से उसके भोग विलास को ग्रहण लग गया। अब तो वह विक्षिप्त सी हो चुकी है।

जाड़ों की एक दोपहर दमयंती ने कंपनी बाग की बेंच पर लालपरी को सोए देखा। वह मोहल्ले की स्त्रियों के साथ बच्चों को लेकर कंपनी बाग गई थी। सँकरी गलियों में सर उठाए खड़ी हवेलियों के बीच धूप कहाँ मयस्सर थी, सो छुट्टी वाले दिन महिलाएँ बच्चों को लेकर धूप खाने कंपनी बाग जाया

करतीं। अन्य स्त्रियाँ लालपरी को पहचान कर भी आगे बढ़ गईं, पर दमयंती से ना रहा गया उसने लालपरी को हिलाकर जगाया और अपने साथ ले आई।

वह खुद को लालपरी की उत्तराधिकारिणी मानती थी। मैंने उसका कोमल संवाद सुना है—

"इस हवेली को अब भी अपना समझें, जब मन हो आएँ और रहें हम तो इसकी रक्षा कर रहे हैं।"

नई मालकिन की बातों ने लालपरी को आश्वस्त किया होगा, तभी उसने यहाँ आना शुरू कर दिया। कितना बदल चुका है उसका रूप। पचास साल की उम्र में सफेद कन्नीदार सूती साड़ी पहनने वाली लालपरी के बड़ी बेतरतीबी से कटे हुए छोटे-छोटे बाल और बड़े-बड़े नाखून हैं, पर चेहरा तब भी खूबसूरत अतीत का आईना लगता, खूब गोरा रंग, नारंगी जैसा गोल चेहरा, कंच नीली आँखें। विक्षिप्त अवस्था में एक ही दिशा में अनिमेष देखती तो भूरी बिल्ली सी लगती। उसकी भाव भंगिमा देखकर गली के शैतान बच्चे उसे सताते पल्लू खींचते, ही-ही कर हँसते, लालपरी भद्दी गालियाँ देते हुए पत्थर उठाकर मारने दौड़ती। अपने छज्जे से यह दृश्य देखकर दमयंती का मन पसीज जाता। वह उसे बुलवा लेती, खाना खिलाती। थाली में देसी घी के पराँठे जरूर होते। एक बार मैंने सुना बड़ी बेटी कस्तूरी ने पूछा था—"माँ, लालपरी हमारी हवेली में ही क्यों आती है और तुम उसे पराँठे और दही क्यों खिलाती हो?"

"बेटा, यहाँ इसकी आत्मा बसती है, यहाँ आकर इसे सुकून और चैन मिलता है, यही है इस हवेली की पुरानी मालकिन, जो ऐशोआराम और छह रसों के स्वाद से भरी थाली खाती रही होगी, अब सूखे निवाले कैसे गले से उतरें!"

कस्तूरी माँ की बात समझी ना समझी पर मेरा मन यह सुनकर खुश हो गया, आखिर मेरे द्वार पर उसकी डोली उतरी थी। मैंने उसके वैभवशाली अतीत को देखा है, आज उसकी दयनीय स्थिति पर कई बार कशमीरन के साथ मेरे नैनों की कोर भी भीगी है।

जब भी लालपरी आती, अन्नपूर्णा सी कश्मीरन उसे खाना खिलाकर खरबूजे के बीज छिलवाती। बीज छीलने में ही उसके लंबे नाखूनों की सार्थकता थी।

कुछ वर्षों तक लालपरी के आवागमन का सिलसिला चलता रहा फिर अचानक उसका आना बंद हो गया पुनः चार-पाँच महीने के अंतराल के बाद वह गली में दिखाई दी, किंतु एक परिवर्तन था बच्चों के चिढ़ाने चिल्लाने पर उसका गाली-गलौज का राग मद्धम पड़ चुका था। मैंने क्लांत लालपरी को गौर से देखा, आज उसने खाना नहीं खाया ना ही बीज छीले। सुना है कुछ दिन खैराती अस्पताल में भर्ती थी शायद तपेदिक हुआ था, उस दिन बिना कुछ खाए-पीए रात हवेली में ही रुक गई।

पीपल के पेड़ से चिड़ियों का कलरव उठने लगा था, भोर की किरण फूटने को थी। मेरी निगाह छज्जे में सोई लालपरी के मुख पर पड़ी, वहाँ मक्खियाँ भिनभिना रही थीं।

मैंने पीपल को पुकारा—"ए हमजोली! देख तो लालपरी कैसे चित पड़ी है।"

यह देख पीपल को भी कुछ असामान्य लगा। कश्मीरन बच्चों के स्कूल की तैयारी करने बिस्तर छोड़ चुकी थी। छज्जे में चाय का गिलास लेकर आई, लालपरी अभी भी सोई पड़ी थी, उसने लालपरी को पुकारा हिलाया पर कोई हरकत ना हुई, कश्मीरन का चेहरा देख मेरा दिल धक सा रह गया। उसने ठीक ही कहा था इस हवेली में लालपरी की आत्मा बसती है, तभी तो अंतिम सांस लेने वह यहाँ चली आई। पाँच-दस मिनट में ऊपर नीचे के दर्जन भर लोग जुट गए और लालपरी के दाह-संस्कार की बातें होने लगीं।

"माँ क्या हुआ लालपरी को?" छज्जे में रखे रैक से जूते लेने आई कस्तूरी ने पूछा।

"कुछ नहीं, तुम मन्नू को लेकर स्कूल जाओ देर हो रही है।" दमयंती ने टालते हुई बेटी को कहा।

कस्तूरी छोटी बहन के साथ स्कूल के लिए निकली पर गली के नुक्कड़ तक मुड़-मुड़कर हवेली की तरफ देखती रही, जहाँ से लालपरी की अर्थी उठने वाली थी।

उस दिन पहली बार लगा मन की एक दीवार ढह गई। उस रात मेरे हमजोली पीपल ने एक पत्ता भी नहीं हिलाया। वह भी निस्तब्ध मेरे साथ लालपरी के मातम में शामिल था।

□

7

लालपरी के प्रति कश्मीरन का आदर और अनुराग देखकर मैं समझ गई सोने सा मन है इस औरत का। कमलकांत भी भलेमानस थे। दोनों को नए मालिक-मालकिन के रूप में पाकर मुझे कुछ राहत मिली। पर सच यह था कि कमलकांत के मालिक बनने के बावजूद यहाँ राज चलता था लालचंद का। हवेली की बोली लगने पर लालचंद इसे खरीदने में चूक गया और बाजी कमलकांत मार ले गए पर उससे क्या, लालचंद पहले से ही हवेली में रहने वाले किराएदारों का अघोषित सरदार था। उसकी देखा देखी लगभग सभी किराएदार कमलकांत को परदेसी समझते थे। उनके लिए कमलकांत को मालिक समझना उनकी हेठी थी।

यहाँ की एक दिलचस्प बात मुझे नहीं भूलती। चार मंजिला हवेली में सिर्फ एक शौचालय था, सबसे निचली मंजिल पर। विपन्न हों या संपन्न, सभी इसका प्रयोग करने को बाध्य थे। सुबह 5 बजे से कतार लगने का सिलसिला शुरू होता दोपहर 12 बजे तक। शौचालय में नल भी नहीं था। कतार में खड़े बच्चे-बड़े के हाथ में अपने-अपने घर से किसी डिब्बे या लोटे में भरकर लाया पानी होता। कई छोटे बच्चों को उनकी माँ टेलकम पाउडर के लंबे डिब्बे का मुँह काटकर पानी भर देती थी, ताकि उनके छोटे हाथों की पकड़ डिब्बे पर बन सके। शौचालय के बाहर एक खुला हौद था, जिसे सब हौदी कहते थे। शौचालय से निकलने वाला हर व्यक्ति हौदी में पड़े बड़े से डिब्बे से दो-तीन डब्बे पानी शौचालय में डाल देता था। एक

एक सप्ताह के लिए हौदी भरने की ड्यूटी थी। दसों परिवार बड़े अनुशासन से इसे निभाते थे। पर सुबह शौचालय के लिए लगी कतार में यदा-कदा झगड़ा भी हो जाया करता। मैं तुमसे पहले आया हूँ या आई हूँ के दावे कभी शानदार रही हवेली की नफासत भरी सहर को किसी झोपड़पट्टी की सुबह में बदल देते। मैं अपनी हालत पर उन्हें लानत भेजूँ उससे पहले मेरी हँसी छूट जाया करती, कोई बच्चा अपनी टाँगों की कैंची में प्रेशर को दबाए "दादी जल्दी निकलो...जल्दी निकलो" की गुहार लगाए दरवाजा पीटता था और दरवाजा खुलने पर भीतर से घूँघट ओढ़े कोई नई बहू निकलती थी। शौचालय में भी घूँघट! इसे परंपरा कहूँ या रूढ़ि, जो हो यह शौचालय हवेली की बड़ी समस्या थी, जो मुझ तमाशाबीन के लिए कभी कोफ्त तो कभी मजे का सामान थी।

कमलकांत के आने से पहले बरसों यह सिलसिला जारी रहा, पर नए संभ्रांत मकान मालिक के परिवार के लिए यह कष्टदायक था। उन्होंने बड़ी कोशिश की, किंतु दूसरे शौचालय के लिए मकान के नक्शे में कोई उपयुक्त जगह नहीं निकल पाई। फिर पुरानी दिल्ली के खास कानून के चलते किसी नए निर्माण कार्य पर पाबंदी थी। जल्द ही विधानसभा के चुनाव आने वाले थे। उस क्षेत्र के उम्मीदवार से लालचंद की अच्छी पटती थी। हवेली के सारे वोट उन्हें दिलाने के वादे की ऐवज में लालचंद ने उनकी मार्फत एक नहीं दो शौचालय की सरकारी अनुमति झटक ली। बशर्ते कि दोनों शौचालयों का खर्चा मकान मालिक उठाएँगे। कमलकांत सहर्ष तैयार हो गए, तब एक शौचालय उनकी मंजिल पर दूसरा लालचंद की मंजिल पर दोनों परिवारों के निजी इस्तेमाल के लिए बना। लालचंद की इस कारगुजारी से हवेली के साथ-साथ नए मकान मालिक पर भी उसका दबदबा बढ़ा।

लालचंद से भी ज्यादा उसकी लाडो पत्नी पन्ना देवी का प्रभाव था। उसकी ठसक के आगे हर कोई नतमस्तक था। हवेली की असली मालकिन कश्मीरन ठहरी गूँगी गुड़िया, तूती तो पन्ना की बोलती। मौला झूठ न बुलवाए, उसके पहनावे और चाल ढाल पर तो मैं भी मोहित थी।

मुँह में पान का बीड़ा दबाए, मांड लगी कड़क साड़ी में वह एक हाथ से सीधा आँचल सर पर सँभाले, दूसरे हाथ में सब्जी से भरी प्लास्टिक की टोकरी लिये चलती, जिसमें आलू घीया और तोरी को धुली कमीज के नीचे मैली बनियान की तरह छुपाकर रखती। ऊपर बड़े जतन से लाल टमाटर और ताजा हरे धनिए की पत्तियाँ सजी रहतीं। उनके बीच रखे दसहरी आम दो-चार लाल पुष्ट अनारों के साथ अमीर की बिगड़ी औलाद की तरह देखने वालों को मुँह चिढ़ाते। रोज सुबह नौ-दस बजे के बीच फल सब्जी की खरीददारी करके आई पन्ना शहर की पुरानी सँकरी गलियों में महारानी जोधाबाई की तरह बड़ी शान से चलती। छज्जों, झरोखों से झाँकते लोगों के लिए वह संभ्रांतता और आभिजात्य का प्रतीक थी।

पाँच बेटों और तीन बेटियों की माँ पन्ना हवेली की बेताज मलिका थी, जिसमें अब एक मकान मालिक और नौ किराएदारों समेत लगभग पचास सदस्य रहते थे, बिल्कुल एक बड़े कुनबे की तरह कभी हँसते तो कभी लड़ते-झगड़ते। मैंने बताया ना कि मकान मालिक कमलकांत ने इस हवेली को बसे बसाए किराएदारों समेत खरीदा था, जिनका स्वयंभू लीडर था—लालचंद यानी पन्ना का पति। वह एक व्यापारी की दुकान पर नौकरी करता था। सुना है अपनी चालाकी से शरीफ सेठ को ठगकर उसने खूब पैसा बनाया और शातिरगिरी से दुकान पर कब्जा कर बैठा। उस जमाने में जब एक चवन्नी मिलने पर बच्चे खुशी से किलकने लगते थे लालचंद दुकान से लौटकर सौ रुपए का कड़कड़ाता नोट पन्ना के हाथ में रखता अगले दिन घर खर्च के लिए। उसने लाखों रुपए कमाए पर लालचंद की सारी कमाई पन्ना की कड़ाही खा गई। मैंने देखा है होली, दीवाली, बसौड़ा, गणगौर जैसे त्योहारों पर पन्ना तीसरी मंजिल के खुले अहाते में एक विशाल कड़ाही बड़ी सी अँगीठी पर चढ़ा देती। गुझिया, सेव, गोंद के लड्डू, पूड़ी-कचौड़ी जाने क्या-क्या कनस्तर भर भर कर बनते। लजीज व्यंजनों की खुशबू से मेरी दीवारें तरबतर हो जातीं। पाककला में अति कुशल थी वह, सो अचार और पापड़ मौसम के अनुसार जरूर बनते।

पन्ना और कश्मीरन की उम्र में बड़ा फासला था। जबकि लालचंद और कमलकांत हमउम्र थे। जब कश्मीरन की पहली संतान जन्मी तब तक पन्ना के दो बेटे हो चुके थे। इसके बाद दोनों स्त्रियाँ लगभग साथ-साथ गर्भवती होती गईं। अगले पाँच सालों में चार छह महीने के अंतर पर दोनों की तीन-तीन संताने हुईं। फर्क इतना था कि पन्ना ने तीन और बेटों को जन्म दिया, जबकि कश्मीरन के एक के बाद एक तीन बेटियाँ पैदा हुईं। कमलकांत पत्नी में अनुरक्त उदार मन का पुरुष था। चार बेटियाँ जनने पर कभी दमयंती को उलाहना नहीं दिया, पर दमयंती के मन में क्षोभ था। हर बार उसे लगता बेटा होगा, लेकिन बेटी आ जाती। उसका मन बुझ जाता। तिस पर पन्ना के ताने जले पर नमक छिड़कते।

"लो, सुन लो भई! फिर से आ गई छोरी। मेरी माँ चाहे है कि एक छोरी तो आ जावे पर क्या करें, हमारे तो हर बार छोरा ही आ जावे है। पेट पेट की बात ठहरी...और फिर किसी-किसी का नसीब ही खोटा हो तो क्या करे...।" ही-ही करके जाल पर बैठकर वह व्यंग्य के जहर बुझे बाण चलाकर कश्मीरन का कलेजा छलनी करने में कोई कसर ना छोड़ती।

अपने बच्चों के भाग्य पर इतराते हुए ऊँचे स्वर में घोषणा करती—"अरे, पाँचों के लिए पाँच कोठियाँ बनवाऊँगी। कुछ पढ़ें-न-पढ़ें, मुझे क्या! इनके बाऊजी इतना तो कमा के रख ही जाएँगे कि दो-चार पुश्तों तक मरे बैठकर खा सके हैं, भूखा कोई ना मरेगा, हाँ!"

हाल की जच्चगी से उठी कश्मीरन का तन-मन पन्ना के व्यंग्य बाणों से चूर चूर हो जाता। उसकी हुँकार कश्मीरन के साथ-साथ मुझे भी आहत कर देती, भोली दमयंती को देख दया आती। दंभ तो रावण का नहीं रहा, पन्ना की क्या बिसात पर खँडहर बनने से पहले हर इमारत घमंड में सर उठाए रहती है। मैं भी तो कभी ऐसी ही थी, पर समय सब का हिसाब करता है।

पन्ना के तीन बेटे विवाहित और दो अविवाहित थे, किंतु उसकी दंभी भविष्यवाणी के उलट सभी पढ़ाई लिखाई से दूर बिगड़ैल और आवारा। सबसे

बड़ा गिरिराज पिता के साथ दुकान पर जाता, बाकी इधर-उधर मटरगश्ती करते, हवेली की छत पर चढ़कर पतंग उड़ाते या सटे हुए मकान की जवान लड़कियों को घूरते, बालों पर हाथ फेरते हुए फिल्मी गाने गाते, सीटियाँ बजाकर भद्दे इशारे करते, जुमले कसते और सताते। किसी के शिकायत करने पर पन्ना उनकी हरकतों पर रीझती, हो-हो कर हँसती और डाँटने का अभिनय करती—

"अरे मरे, नीचे आ! तेरी टाँग तोड़ती हूँ।"

पन्ना की ऐसी प्रतिक्रिया मुझे फूटी आँख ना भाती। उसकी बेरोकटोक स्वच्छंद परवरिश के कारण बेटे बेराह हो रहे थे, पर वह खीसें निपोरने में ही अपनी शान समझती।

लंठ बेटों के लिए थालियाँ सजाकर छत पर ही भेजती। सजी सजाई थालियों में दाल तरकारी की तीन-चार कटोरियाँ जरूर रहतीं, साथ में चटनी, पापड़ और गोंद के लड्डू। थाली सीढ़ियों से घूमते हुए अन्य किराएदारों के बच्चों की ललचायी आँखों से गुजरकर पतंगबाजी के अड्डे तक पहुँचती।

यह थी पन्ना, जिसने जीवन भर परिवार को शाही खाना खिलाया, बढ़िया कपड़े और जेवर बनवाए, बहुओं पर हुकुम चलाया और मकान मालिक की छाती पर मूँग दली। ना ही पैसा जोड़ा ना बच्चों को अच्छे संस्कार दिए। सारा प्रेम बच्चों की चटोरी जीभ पर उँड़ेलती रही।

दस-बारह साल बाद लालचंद दिल का मरीज हो गया, लेकिन पन्ना ने सेवा खूब की। तरह-तरह के जूस और सूप बनाती, उसकी सेवा टहल से पति चार-पाँच साल जीवित रहा। उसके गुजरने के बाद पन्ना के जीवन को ग्रहण लग गया, व्यापार ठप्प हो गया। बेटे तो नालायक थे ही, गनीमत है बेटियों की शादियाँ हो गई थीं। पिछले कई सालों से मकान मालिक कमलकांत लालचंद के परिवार से छुटकारा पाने और उनकी रिहायशी मंजिल को अपने कब्जे में लेने के लिए दस-बारह हजार रुपए देने का प्रस्ताव रख चुके थे, जो उस जमाने के हिसाब से छोटी रकम नहीं थी।

लालचंद ने जीते जी इसे कभी नहीं स्वीकारा, किंतु गिरती माली हालत में अंततः एक लाख रुपए लेकर यह परिवार हवेली छोड़कर किसी नई बस्ती में जा बसा।

धीरे-धीरे अन्य किराएदार भी अपने लीडर की मौत के बाद मनोबल टूट जाने से इधर-उधर जा बसे। फिर कभी-कभी उड़ती खबर की तरह पन्ना के परिवार की अवनति का कोई ना कोई समाचार मिलता। जिसका सारांश यह था कि बड़े बेटे गिरिराज के तीन बच्चों में पैंतीस साल की बेटी समेत दो बेटे हाल तक कुँवारे थे, पत्नी मणिमाला लीवर की बीमारी का ठीक से इलाज न होने के कारण मर चुकी थी। पन्ना का दूसरा बेटा महेंद्र, जिसने जवानी भर लंपटगिरी की, बुढ़ापे तक औलाद को तरसता रहा। पन्ना का तीसरा बेटा सड़क पर बस की चपेट में आकर मर गया उसकी विधवा अपने पुत्र को किसी स्कूल में आया की मामूली नौकरी करके पढ़ा रही है। चौथा अपनी हृदयरोग से ग्रसित पत्नी के साथ किसी तरह गृहस्थी की गाड़ी खींच रहा है। पन्ना उसी के साथ रहती है। माँ का लाडला सबसे छोटा अपने समय का छैल-छबीला हीरोनुमा बेटा अतुल जो तीसरे नंबर की भाभी की बहन के साथ शादी करना चाहता था, जो हुई नहीं, आवारगी और नशे की लत के चलते घर से निष्कासित है। उस पर कुछ आपराधिक मामले भी थे। अब वह तड़ीपार अपराधी है।

हवेली पर राज करने वाली पन्ना को इस चौखट के पार जाते ही दुर्भाग्य ने घेर लिया। वह बूढ़ी लाचार और फटेहाल हो गई है। किसी पूजा-सामग्री की दुकान से संपर्क कर ऑर्डर पर मनकों की माला पिरोती है, आँख से दिखना कम हो गया पर क्या करे दो जून की रोटी का जुगाड़ तो करना ही है। बेटियाँ बेटों की बनिस्बत ठीक-ठाक और समर्थ हैं, पर उनके पास जाकर रह नहीं सकती, क्योंकि बेटी के घर का पानी पीना पन्ना का संस्कार नहीं, जिसका निर्वाह यह विलासी औरत विपन्नता के दिनों में भी करती रही।

एक दिन मैंने कश्मीरन को अपनी बेटी से फोन पर बात करते सुना। कह

रही थी अभी-अभी मुर्दनी से लौटी है। बेटी ने पूछा होगा माँ, कौन गुजर गया, इस पर बोली—"पन्ना।"

सुनकर मैं जड़ सी हो गई। एक बड़े खँडहर के जमींदोज होने का सा एहसास हुआ। कश्मीरन कोमल हृदया मकान मालकिन थी, जो अपनी आततायी पन्ना के गुजरने की खबर पाकर खुद को वहाँ जाने से रोक नहीं पाई।

□

8

मेरा हमजोली पीपल भी पन्ना की आबादी और बरबादी का गवाह है। हर छोटी बड़ी घटना हम एक दूजे से साझा करते, और था भी कौन जो हमारी भाषा समझता! आखिर लकड़ी-पत्थर की पुरानी यारी जो ठहरी। बहुत पुरानी हो जाने पर लकड़ी भी तो पत्थर हो जाती है। मैं हमजोली को चिढ़ाया करती—"ओ साथी! झूम-झूमकर इठलाना छोड़ दे, तेरा काठ भी एक दिन मुझ जैसा हो जाएगा...फिर किसी बड़े शहर के अजायबघर के बंद शीशे में कैद कर दिया जाएगा तुझे! गाइड सैलानियों को चिल्ला-चिल्लाकर बताएगा, देखिए हजार साल पुराना पेड़ जो पत्थर हो चुका है..."

"ना बाबा, मैं कौन हजार साल तक जिऊँगा! तेरी तरह गुमान नहीं करता, मुझे तो काठ की योनि में ही मरना है।" पीपल सर झटककर मनाही करता तो दो चार शाखों से फड़फड़ा कर पत्ते गिर जाते। यों ही चुहल करते हम अपने सुख-दुःख बाँटा करते।

अलबत्ता पन्ना की जीवन यात्रा याद करके मन में हूक उठती। मैं उदास हो जाती, लेकिन पन्ना के बरक्स एक ऐसी औरत की सोहबत मुझे मिली, जिस पर दरोदीवार को गुमान होता है। सुहागी नाम था उसका। सहमे कदमों से हवेली की चौखट में दाखिल हुई और फिर ऐसी बाबस्ता हुई मानो हवेली के ईंट पत्थर से जनम-जनम का रिश्ता था। मोहल्ले की साँस-साँस में वो रच बस गई। मेहनतकश ऐसी कि सूरज शर्म से गड़ जाए। स्वभाव ऐसा शीतल कि चाँदनी को लाज आए।

उसकी याद आते ही जेठ की एक दुपहरी का खयाल आता है, जब अचानक मेरा ध्यान उस पर गया था। दरअसल जेठ की चिलचिलाती धूप में शहर की सँकरी गलियों में खड़ी मुझ जैसी हवेलियाँ भीतर से बड़ी सुकूनदेह रहतीं, बिल्कुल दरख्तों के नीचे उगे कुकुरमुत्तों की तरह ठंडी और नम। शायद सूरज देवता इतनी सारी सीढ़ियाँ उतरकर नीचे आने में कोताही बरतता। इसी से गरमी की छुट्टियों में दोपहर गृहिणियों के लिए बड़ी आरामदेह होती, न बच्चों के स्कूल से आने की प्रतीक्षा न उन्हें खिलाने-पिलाने की फिक्र। काम निपटाकर शयनागार में एक आध घंटे झपकी लेने का अवसर मिल ही जाता। बच्चों को भी पटक कर दबोचकर सुलाने का प्रयास होता, ताकि खुद की नींद में खलल न पड़े। कुलबुलाते ना नुकुर करते छोटे बच्चे जल्दी ही माँ के आँचल तले सम्मोहित हो जाते और पलकों के कपाट बंद होने लगते। ऐसा निद्रित माहौल देखकर मुझे भी उबासी आने लगती।

उस दिन भी ऐसी ही अलसायी दोपहर थी, तभी नीरवता को भंग करती धम धम की आवाज हवेली में गूँज उठी, एक निश्चित अंतराल के साथ लगातार यह आवाज आ रही थी। मैंने उनींदी पलकों को खोलकर पहली मंजिल पर बनी पत्थर की रेलिंग से नीचे झाँका तो देखती हूँ चौकोर आँगन में सुहागी मसाला कूट रही है। बड़ी सफाई से उसके हाथ का मूसल हवा में उछलता और लोहे के हमामदस्ते में रखे मसाले पर चोट करता, सुहागी ने धोती का पल्लू नाक को ढकते हुए कान के पीछे खोंसा था। दोनों टाँगें फैला कर बीच में बोरे की मोटी तह पर हमामदस्ता रखा था, ताकि मसाला कूटने की भारी आवाज कर्णभेदी ना लगे।

उस समय सुहागी की केवल आँखें दिख रही थीं, पर मैंने उसका चेहरा देखा है लगभग रोज ही देखती थी। गेहुँआ रंग, साधारण रंग रूप, चौंतीस-पैंतीस साल की उम्र, लंबी छरहरी काया। नीचे की मंजिल पर रहने वाले चार किराएदारों में से एक सुहागी अपने दो बेटों को मशक्कत से पाल रही थी।

गली की सभी हवेलियों में उसका आना-जाना था। वैश्य बिरादरी के उस मोहल्ले में दो चार ब्राह्मण जाति के परिवार भी रहते थे, पूरा मोहल्ला

निरामिष और शुद्ध खान-पान वाला, प्याज-लहसुन से कोसों दूर, हींग-गरम मसाले की सब्जी-तरकारी का अभ्यास होने के कारण हाथ से कुटे-पिसे मसालों का ही प्रयोग करता। सुहागी मोहल्ले भर के मसाले पीसती थी— हल्दी, धनिया, लाल मिर्च, अमचूर और गरम मसाला। हर रसोई में छनकता छौंक बयार में एक सी खुशबू बिखेरता, सुहागी के हाथ की खुशबू।

मैंने सालों सुहागी को यों ही मसाले कूटते छानते देखा। पर एक बात खटकती थी, मोहल्ले भर में आवाजाही करने वाली कर्मठ सुहागी कमलकांत के घर न जाती। यों सालोसाल कश्मीरन उसी से मसाले कुटवाती, लेकिन द्वार से ही सामग्री का लेन-देन होता। बाद में समझ आया कि उसका ड्योढ़ी लाँघना क्यों वर्जित था।

कमलकांत धार्मिक संस्कारों में पले बढ़े सवर्ण हिंदू थे, जात-पात के मामले में बेहद कट्टर। हवेली की दूसरी मंजिल पर किसी का भी जूतों सहित प्रवेश निषिद्ध था। राज-मिस्त्री, बढ़ई की जरूरत होती तो धर्म और जाति का विशेष ध्यान रखा जाता, कहीं म्लेच्छ ना हो। सुहागी इस घर के मूक संकेतों को समझती। कमलकांत के अनुसार वह जाति से शूद्र थी, इसलिए दमयंती की चौखट उसके लिए लक्ष्मण रेखा थी, जिसका उसने कभी उल्लंघन नहीं किया।

एक बार मोहल्ले की शादी में सुहागी को घूमर नृत्य करते देख मैं बहुत हैरान हुई थी। उस शांत औरत को ऐसे चंचल हाव-भाव में पहले कभी नहीं देखा था। बाद में जाना कि सुहागी की उस दिन की अचंभित कर देने वाली छवि ही कभी उसकी नैसर्गिक भाव भंगिमा हुआ करती थी। उसका साधारण सा वजूद कुछ असाधारण घटनाओं को अपने में समेटे था, जो परत-दर-परत मेरी स्मृतियों में आज अनावृत्त होना चाहता है।

सुहागी अतीत की एक इबादत थी, जिसे राजस्थान के रेतीले टीलों पर शमशेर सिंह ने लिखा था। टीकमगढ़ से सटे जोधा दुर्ग के आस-पास रजवाड़ों के कारिंदों के गाँव थे। वहीं कुछ किलेनुमा मकान खँडहर हो चुके थे, उनके मालिक धड़ाधड़ उन्हें ढहवाकर नई इमारतें बनवा रहे थे। सरकार आस-पास

के अधिकतर खँडहरों को सरकारी धरोहर घोषित कर चुकी थी क्योंकि कई दशकों से उनका कोई दावेदार नहीं था। ऐसे में निकटवर्ती शहरों में मौजूद मकान मालिक अपनी बची-खुची जायदाद बचाने के लिए पुनर्निर्माण के काम में लगे थे। ऐसे ही एक खँडहर को इमारत में तब्दील करने का कार्य ठेकेदार शमशेर सिंह को मिला। भारी तादाद में मजदूरों की बहाली हुई, पुरुषों के साथ-साथ स्त्रियों को भी भरती किया गया। एक दोपहर काम का मुआयना करते शमशेर सिंह की नजर बालू के टीले के समतल शिखर पर घूमर करती एक मजदूरन पर पड़ी। टीले के चारों ओर तमाशाई बच्चे और कुछ मजदूर औरतें काम छोड़कर नृत्य के मजे ले रहे थे। बड़ी-बड़ी मूँछों वाला पग्गड़धारी ठेकेदार गरजा—

"रै छोरी, काम की दुसमण! मेल्ला घूमण आई है के मजूरी करण, ससुरी! अठै आ।"

अस्सी कली के घाघरे का विशाल घेरा भँवर की तरह सिकुड़ा और फिर धरती के गुरुत्वाकर्षण से मानो नीचे को खिंच गया, मजदूरन कूदकर अपराधी मुद्रा में ठेकेदार के सामने खड़ी हो गई।

"स्साली... !" कहते-कहते शमशेर सिंह की जुबान थम गई।

फागुन में उम्र की सत्रहवीं सीढ़ी चढ़ चुकी मजदूरन सुहागी की ठोड़ी और दोनों आँखों के कोनों पर गोदनों से सजा बाँका रूप ठेकेदार को घायल कर गया। सुहागी की हठीली नायिका जैसी कनखियाँ ठेकेदार की सुलगती निगाह को पाला मार गईं।

सप्ताह भर बाद सुहागी की देह पर ठेकेदार के नाम की मोहर लग चुकी थी। ठेकेदार शादीशुदा था, पर सुहागी का सुरूर एक रात के नशे जैसा न था, जो रात को चढ़ा और सुबह उतर गया। ठेकेदार ने चार-पाँच बरस तक सुहागी को गाँव के दूसरे छोर पर अपने पुराने घर में रखा और पत्नी के विरोध का दमन करते हुए सुहागी से संबंध बनाए रखे।

ठेकेदार की पत्नी पति पर एकाधिकार चाहती थी, जो जायज था। पिछले कई वर्षों से वह ठेकेदार की वंचना और उपेक्षा की शिकार थी। कई बार पति

से तू-तू मैं-मैं हुई, किंतु सब व्यर्थ। एक दिन इसी बात पर ठेकेदार से कहा-सुनी होने पर कुंठाग्रस्त पत्नी कुएँ में कूद गई। गाँव के एक जवान लड़के ने कुएँ में छलाँग लगाकर तुरंत उसे बचा लिया। पत्नी की इस अप्रत्याशित प्रतिक्रिया से पहली बार ठेकेदार घबरा गया। गाँव के बुजुर्गों के दबाव व लोकापवाद के चलते वह सुहागी को उसके दो बेटों के साथ लेकर दिल्ली मेरे दरवाजे पर आ गया। मेरी निचली मंजिल में चौथे किराएदार के रूप में सुहागी को बसाकर चला गया। सुहागी के बेटे राजू की उम्र ढाई वर्ष थी और छोटा भोपा अभी मात्र एक वर्ष का था।

सुहागी जुझारू थी। जीवन के परिवर्तन को नियति समझ उसने स्वीकार लिया। शुरू-शुरू में अन्य किराएदारों की आँखों में उसका आचरण खटकता। ना माथे पर बिंदिया ना सुहाग-सिंदूर, ना हाथों में चूड़ियाँ ना पायल-बिछिया। सुहागी का सादगी भरा यौवन प्रश्नचिह्न की तरह लोगों की निगाहों में गड़ता। वह ब्याहता है या परित्यक्ता, अगल-बगल की औरतें कानाफूसी करतीं। महीने-पंद्रह दिन में ठेकेदार आता, एक-आध दिन रहकर चला जाता, फिर सुहागी अकेली हो जाती। आस-पड़ोस के लोग उसे शंकालु दृष्टि से देखते। आँगन में लगे नल से पानी भरने की भी उसे मौन मनाही थी। सुहागी को गली के अंतिम छोर पर लगे बरमे (हैंड पंप) से पानी लाना पड़ता। बच्चों को वह यथासंभव किराए के कमरे में ही रखती। बड़ा बेटा अन्य किराएदारों के बच्चों को खेलते देख बाहर जाने को मचलता, किंतु सुहागी उसे जाने न देती। लगभग दो महीने बाद एक ऐसी घटना घटी, जिसने सुहागी को सदा के लिए इस मोहल्ले से जोड़ दिया।

हुआ यों कि पंद्रह-बीस दिन पहले गली के रईस उग्रनारायण की पत्नी सावित्री देवी ने सुहागी को घर की साफ सफाई के लिए रखा। उन्हीं दिनों उनकी बहू नौ वर्षों के लंबे इलाज, पूजा-पाठ, झाड़-फूँक, पीर-फकीर की दवा दुआ के बाद पहली बार माँ बनने वाली थी। अन्य दो छोटी बहुएँ पहले ही पुत्रवती हो चुकी थीं। उग्रनारायण और उनकी पत्नी बड़ी बहू को लेकर बेहद चिंतित थे, कहीं कोई अनिष्ट ना हो जाए। एक-एक दिन गिनते बहू

ने गर्भावस्था का आठवाँ महीना पूरा किया, किंतु आधी रात को अचानक तबीयत बिगड़ने पर अस्पताल जाना पड़ा। जच्चा को उक्त रक्तचाप की शिकायत देख डॉक्टरों ने तुरंत ऑपरेशन कर समय से पूर्व ही बच्चे को गर्भ से निकाल लिया, किंतु बहू की हालत और गंभीर हो गई।

दो दिनों तक नर्सों ने नवजात शिशु को रुई की बत्ती बनाकर दूध पिलाया और तीसरे दिन उसे घर वालों को सौंप दिया। सावित्री देवी पोते को सीने से चिपकाए घर आ गई, किंतु दो दिनों बाद भी बच्चे को माँ का दूध नसीब ना होता देख चिंतित हो गई, क्योंकि बहू का अभी भी अस्पताल में इलाज चल रहा था। सुहागी सावित्री देवी के कमरे में पोंछा लगा रही थी। शिशु भूख से बिलबिला रहा था अचानक उनकी नजर सुहागी पर पड़ी। आँख मिलते ही सुहागी की देह में अजीब सा कंपन हुआ, वह कुछ कहती इससे पूर्व सावित्री देवी ने शिशु को सुहागी की ओर बढ़ा दिया। एक माँ ने दूसरी माँ की सजल आँखों की भाषा को पढ़ लिया। पल भर में आँचल से हाथ पोंछकर सुहागी ने दुधमुँहे को गोद में ले लिया और कोने में बैठकर नन्हे मनुज पर मातृत्व बरसाने लगी। उस घड़ी सावित्री देवी की स्थिति विचित्र थी, वे याचक भाव से अपने कुलदीपक की संजीवनी बनी उस सेविका को ताकती रही।

दुग्धपान का क्रम लगभग आठ दिनों तक चला। सुहागी निष्काम भाव से अपने पुत्र के हिस्से के दूध से उग्रनारायण की वंश-बेल को सींचती रही। नौवें दिन उनकी बहू अस्पताल से आई, तब तक उग्र नारायण का परिवार सुहागी का ऋणी हो चुका था। पूरा मोहल्ला इस घटना का साक्षी था। नियति ने मानो सुहागी के लिए लोगों का दिल जीतने का यह संयोग रचा था, जिसके बाद उनके दिलों में उफनते पूर्व के अनुत्तरित प्रश्नों ने खुद ही दम तोड़ दिया और सुहागी मोहल्ले भर में स्वीकार्य हो गई। धीरे-धीरे वह हवेली के अन्य परिवारों की जरूरत बनती गई। किसी के यहाँ गृहिणी बीमार पड़ जाए तो वह कपड़े धोने चली जाती, मोहल्ले में कोई गाभिन हो तो सुहागी की माँग होती, जच्चा-बच्चा की मालिश हो या किसी बच्चे को स्कूल पहुँचाने की जिम्मेदारी, गेहूँ धोने-फटकने का काम हो या दिवाली की सफाई, सुहागी हर मर्ज की दवा

थी। लोभ उसमें नाम मात्र को नहीं था, दृढ़ चरित्र और शांत स्वभाव की कभी किसी से रुपए पैसे की माँग ना करती, जो जितना देता, सहर्ष स्वीकार लेती।

कुछ महीने बाद ठेकेदार के आने का अंतराल बढ़ता गया। अब वह चार-छह महीने में एक बार आता पर सुहागी को अब यह न अखरता, क्योंकि उसे इस मोहल्ले के रूप में एक बृहद परिवार मिल चुका था। सुहागी ने अपने जीवन के चार दशक इसी हवेली में गुजारे। दोनों बेटों को पाल-पोसकर बड़ा किया। दोनों की नाव को अपना-अपना किनारा मिल गया। रोजी-रोटी उन्हें मोहल्ले से दूर ले गई, किंतु सुहागी का भाग इसी चौखट से जुड़ा रहा। कितने ही बसंत आए कितने पतझड़ बीते पर यह मोहल्ला उसकी कर्मभूमि बना रहा। आजीवन यह कर्मयोगिनी अपने सेवा कार्य में लीन रही, आखिर शरीर में साथ छोड़ा और सुहागी ने खटिया पकड़ ली। मोहल्ले वालों ने खबर की, दोनों आज्ञाकारी बेटे आए, माँ की सेवा बहुत की, किंतु एक दिन बुलावा आ ही गया और सुहागी चल बसी।

पूरा मोहल्ला नम आँखों से सुहागी को विदा कर रहा था।

उसकी अर्थी को कंधा देने वालों में एक कंधा उग्र नारायण के पोते का भी था, जो अपनी आठ दिनों की माँ को श्रद्धांजलि देने आया था।

□

9

सुहागी की मृत्यु पर सबसे ज्यादा गमगीन था उसका बड़ा बेटा। वह गुदड़ी का लाल था...कीचड़ में कमल...मिट्टी में पड़ा सोना या कैक्टस की झाड़ियों में उग आया गुलाब-कहना कठिन है कि कौन सा विशेषण सबसे माकूल है या शायद सारे ही विशेषण उसका परिचय देने में खरे उतरते हैं। अपनी परिस्थितियों से विमुख, कहूँ तो आशातीत था उसका व्यक्तित्व।

नाम था राजकुमार पर राजसी ठाठ बाट तो ख्वाब में भी नसीब नहीं हुए। पूरी तरह संघर्ष का पाला था वह। उसने देखा था गुरबत और अपनी माँ के संघर्ष को। पिता की अनुपस्थिति में कड़ी मेहनत करके सुहागी ने उसे पाला। आस-पड़ोस के घरों में छोटे-मोटे काम करके रोजी-रोटी का जुगाड़ किया। ना उसे शऊर था, न फुर्सत कि बेटे को श्रवण कुमार या राजा हरिश्चंद्र की कहानी सुनाकर कुछ संस्कार देती, न अच्छी शिक्षा-दीक्षा दे पाई। सरकारी स्कूल से बमुश्किल मैट्रिक पास करके राजकुमार आत्मनिर्भर बनने की मुहिम में लग गया।

नाम का राजकुमार था वह, बचपन रंक जैसा बीता। बाप की सरपरस्तगी नदारद थी। रेगिस्तान में नंग धड़ंग खड़े ठूँठ सा धूप धाम झेलता बड़ा हुआ, पर आचार-विचार में खरा सोना। जरूर सुहागी के पूर्व जन्म के पुण्यों का प्रतिफल था, तभी तो श्रवण सा मातृभक्त और हरिश्चंद्र सा सत्यवादी था वह। एक तरफ पन्ना के बिगड़ैल बेटे, दूसरी तरफ राजकुमार...मोहल्ले भर का

राजू। पढ़ाई-लिखाई में साधारण राजू में ईश्वर प्रदत्त एक विशेष गुण था। बंद आँखों से भी आड़ी-तिरछी लकीरें खींचता तो एक कलात्मक रेखाचित्र बन जाता। चित्रकला का नैसर्गिक मास्टर था।

हवेली के बच्चों के स्कूल की साइंस की प्रैक्टिकल फाइल हो या चार्ट बनाने का काम, ग्रीष्मावकाश के प्रोजेक्ट वर्क या मॉडल-सब राजू की शरण में आते और वह बिना ना नुकुर किए कभी-कभी देर रात तक पड़ोस की सेवा में लगा रहता।

पढ़ाई छोड़ने के बाद माँ की आर्थिक मदद के लिए उसने दो-तीन हमउम्र लड़कों के साथ काम धंधा शुरू किया। जिसमें दुकान बंद होने के बाद शाम सात से रात दस बजे तक सड़क पर छोटा-मोटा सामान बेचने वाले फेरी वालों की तरह पटरी लगाने लगा। यहाँ निहायत बुरी संगत से उसका साबका पड़ा। अधिकतर गुंडे मवाली नशाखोर और आवारा लड़के ये काम किया करते। आपस में लड़ाई-झगड़ा, मारपीट और गाली-गलौज उनके लिए आम बात थी। राजू को यह सब बुरा लगता, किंतु मजबूरी जो ना कराए। इन्हीं के बीच उठते बैठते कमल सा अपंक बना रहा। कभी किसी ने उसके मुख से कोई अपशब्द नहीं सुना, ना कभी शराब-सिगरेट पीते देखा। दो चीजों से उसे नफरत थी एक गंदगी से दूसरा लड़कियों को छेड़ते आवारा शोहदों से। कभी किसी ने उसे मैले कुचैले कपड़े पहने नहीं देखा। माँ कितना कहती पर अपने कपड़े खुद ही धोता, लोहे के लोटे में गरम कोयले डालकर इस्त्री करता। गरीबी में भी झक सफेद पेंट पहनता, गली मोहल्ले की लड़कियों को कभी आँख उठाकर ना देखता।

दो चीजों का उसे खूब शौक था माँ के हाथ की आलू-मटर या आलू-गोभी की सब्जी खाने का और हर शुक्रवार को एक नई फिल्म देखने का। उन दिनों डॉन फिल्म की खूब चर्चा थी एक सुबह मोहल्ले के छह-सात लड़के नुक्कड़ पर खड़े होकर पिछली रात देखी फिल्म पर अपनी अपनी राय टिप्पणी दे रहे थे। तभी चटखारे लेते हुए लंपट अल्लो बोला—"यार, ज्जीनत अमान को देखकर मुँह में पानी आता है।" सब बेहयाई से हँसने लगे। यह

छिछोरापन देखकर राजू उपेक्षा और घृणा के भाव से वहाँ से चल दिया।

"लो, अब इस साधु को क्या हुआ?" अल्लो बोला। पुनः निर्लज्ज हँसी का फव्वारा फूट पड़ा।

जब भी राजू के पिता महीने दो महीने या साल छह महीने में घर आते वह घर से बाहर निकल जाता। मानो पिता का मुँह ना देखना चाहता हो। उसकी माँ उसके पिता की ब्याहता नहीं थी वह जानता था, इसलिए पिता के प्रति अनादर का भाव उसे घर से बाहर ले जाता। इस कुंठा ने जाने कितनी बार उसके आत्मसम्मान को ठेस पहुँचाई, उसका आत्मविश्वास खोखला होता गया, तथापि अपनी विनम्रता और सच्चरित्र के कारण वह सबकी प्रशंसा का पात्र बना रहा। पड़ोस में रहने वाली जया उसके व्यवहार से प्रभावित और आकर्षित थी, उसका आदर करती। राजू की आँखों में भी उसके प्रति विशेष अनुराग झलकता पर अभिव्यक्ति के लिए शब्द जुटाने की कुव्वत वह कहाँ से लाता।

दो-तीन वर्षों तक राजू ने पटरी लगाने का निकृष्ट कार्य किया। फिर किसी के माध्यम से उसे एक गुजराती प्रकाशक के यहाँ चित्रकार की नौकरी मिल गई। बँधी-बँधाई पगार नहीं थी, जितने चित्र बनाता उसके हिसाब से पैसे मिलते पर रुचि के अनुसार काम मिलने से वह संतुष्ट था। लोभ तो कभी था ही नहीं, महत्त्वाकांक्षा भी नहीं थी। साधु स्वभाव का त्यागी लड़का था। कभी-कभी लगता कोई शापित ऋषि मुनि है, जो अपना प्रारब्ध भोग रहा है।

आर्टिस्ट की नई नौकरी में वह रम गया, चार-पाँच वर्षों बाद माँ ने शादी के लिए दबाव डाला पर राजू तो पैदाइशी विरक्त, अपने मन का मालिक था। सो माँ की एक न चली, लोगों ने भी सोच लिया अब यही कलियुग का भीष्म है शादी क्या करेगा।

राजू को प्रकाशक के यहाँ नौकरी करते आठ-नौ बरस बीत गए एक दिन उसके मालिक भूपेंद्र त्रिवेदी ने सभी कर्मचारियों को अपने दफ्तर में बुलाया और वरिष्ठतम मुलाजिम रमाशंकर दूबे के हाथ में अपनी इकलौती बेटी हर्षा के विवाह का निमंत्रण पत्र थमाते हुए आत्मीयता से बोले—

"यह कार्ड मेरे स्टाफ के सभी सदस्यों के लिए है, नोटिस बोर्ड पर लगा दीजिए और आप सबको विवाह समारोह में आकर मेरा हाथ बँटाना है।"

सभी कर्मचारी दस दिनों तक त्रिवेदी साहब की बेटी हर्षा के विवाह की तैयारी में जुटे रहे। राजू इस दौरान कई बार उनके घर गया। घर क्या था अट्टालिका थी, घर में कदम रखते ही उसे एक बौनेपन का एहसास हुआ। अगले दिन जाने का मन न था, पर कर्तव्यबोध बलात मालिक के घर की ओर ठेल रहा था। अंततः धूमधाम से शादी हो गई। राजू ने इतना भव्य समारोह कभी नहीं देखा था, पुनः सब दफ्तर के काम में लग गए।

एक महीना हो चला था, राजू सुबह सात बजे बिस्तर में पड़ा ऊँघ रहा था, अचानक उसकी पालतू कुतिया 'हनी' जिसे मोहल्ले के अशिक्षित लोग हानी पुकारते थे भौंकने लगी। राजू ने उसे धौल जमाई और अलसायी आँखों से देखा कि त्रिवेदी साहब तीन-चार भद्र पुरुषों के साथ उसके द्वार पर खड़े हैं। राजू आश्चर्य से ताकने लगा—

"सर, आप... !"

वह उन्हें घर में बुलाने का शिष्टाचार भी नहीं निभा पाया, क्योंकि इस उहापोह की स्थिति में भी इतने धनाढ्य व्यक्ति से अपने घर की दरिद्रता को छिपाना चाहता था, सो लपककर घर के बाहर निकल आया।

त्रिवेदी साहब का गंभीर स्वर गूँजा—

"राजकुमार, हम तुम्हारी माताजी से मिलना चाहते हैं।"

"पर, सर...वो तो...अभी..." राजू हकलाने लगा।

"ठीक है, ऐसा करो, आज दस-ग्यारह बजे तुम उन्हें लेकर मेरे घर चले आओ।" त्रिवेदीजी बोले।

राजू कुछ समझता, इससे पूर्व भी वह शिष्टमंडल चल दिया।

दस दिनों बाद मोहल्लेवासियों ने गली के अंतिम छोर पर एक मोटरकार को रुकते देखा। यहाँ तक गाड़ी कैसे आ गई सोचकर लोग भौंचक थे। सँकरी गली में रिक्शा से आना सहज था। पर गाड़ी भीतर तक नहीं आ सकती थी। गाड़ी का दरवाजा खुलते ही सुनहरी सैंडिल पहने एक जोड़ी महावर लगे पाँव

दिखाई दिए। हौले से नई-नवेली दुल्हन गाड़ी से बाहर आई। गाड़ी का दूसरा दरवाजा खुला और राजू उतरा। राजू की अगुवाई में नववधू हवेली की ओर बढ़ चली। तब तक मुख्य द्वार पर आजू-बाजू के दस-पंद्रह लोग इकट्ठे हो गए, स्त्रियाँ मंगलाचार गाने लगीं, सुहागी बहू की आरती उतारने लगी।

लोगों के साथ-साथ मैं भी हतप्रभ थी, ना बाजा ना शहनाई, यह बहू कहाँ से आई! धीरे-धीरे सबको राजकुमार की शादी का किस्सा पता लगा, जो किसी किंवदंती से कम ना था। त्रिवेदीजी की इकलौती बेटी हर्षा की शादी एक बड़े उद्योगपति के बेटे से हुई, किंतु मधुयामिनी में ही चाँद को ग्रहण लग गया और हर्षा के दांपत्य पर अँधेरा छा गया। लड़का नपुंसक था, जानकर त्रिवेदी साहब पर वज्रपात हो गया, किंतु उन्होंने विवेक नहीं खोया। लड़की को तुरंत ले आए और लड़के वालों से दो टूक बात कर परस्पर तलाक का प्रस्ताव रखा। वे भी बिना हील हुज्जत तैयार हो गए और एक माह के अंदर आपसी सहमति से कोर्ट के बाहर तलाक हो गया।

त्रिवेदी साहब अनुभवी और प्रगतिशील व्यवसायी थे। व्यापार में देखी ऊँच नीच और थपेड़ों ने उन्हें अपार धैर्य और प्रत्युत्पन्नमति प्रदान की थी। हर्षा के तलाक की काररवाई पूरी होने से पूर्व ही उन्होंने उसके हाथों की धूमिल मेहँदी को पुन: सुर्ख करने का निर्णय ले लिया। पर पुनर्विवाह हेतु योग्य वर कहाँ से लाएँ और कौन बनाएगा ऐसे में उनकी लाडली को जीवन संगिनी! अंतर्मन में द्वंद मचा था...विचारों का मंथन करते-करते अचानक एक शांत सौम्य और शालीन छवि उनकी आँखों में उभरी, उनके होंठ फुसफुसाए—'राजकुमार'...और वे उठ खड़े हुए।

इसी सिलसिले में वे उस दिन राजकुमार की माँ से मिलने आए थे। बाद में यह प्रस्ताव सुनकर सुहागी अवाक रह गई थी। अचंभित तो राजू भी था, पर हर्षा की गाथा सुनकर उसने स्वीकृति दे दी। हालाँकि त्रिवेदी साहब की एक शर्त उसे आपत्तिजनक लगी थी।

उसने कहा था—"मैं आपके यहाँ घर-दामाद बनकर नहीं रह सकता, ना ही अपनी माँ को छोड़ सकता।"

त्रिवेदी साहब ने एक सप्ताह के अंदर सुंदर सा एकमंजिला बँगला खरीदकर राजू को उपहार में दे दिया। मंदिर में सादगी से रस्में अदा की गईं और शादी को कोर्ट में रजिस्टर्ड कर लिया गया।

उस दिन राजू अपनी ब्याहता के साथ इस मोहल्ले के हर आत्मीय के यहाँ गया, सबने आशीष देकर बहू को मुँह दिखाई दी। अगले दिन वह अपने नए बँगले में चला गया, जहाँ सौभाग्य पलक पाँवड़े बिछाए उसकी राह देख रहा था।

वह हर सप्ताह माँ से मिलने आता, फिर धीरे-धीरे सिलसिला कम होने लगा। त्रिवेदी साहब के कारोबार की जिम्मेदारी भी उसके कंधों पर आन पड़ी। व्यस्तता बढ़ने पर उसने माँ को साथ रखने का फैसला किया, पर सुहागी कहाँ मानने वाली थी। उसके लिए हवेली और मोहल्ला ही उसका मायका और ससुराल था। दूर से ही बेटे-बहू को असीसती रही। मरते दम तक हवेली की चौखट ही उसकी रिहायश रही।

सुहागी की तरह उसका बेटा राजकुमार भी मेरी कहानी का अनोखा किरदार है, जिसकी जगमग मेरे हर्फों में उजास भरती है।

□

10

कितनी ही कहानियाँ दर्ज हैं मेरे सीने में। आज मन्नू को देखा तो बरसों से थककर सो गई यादें कुनमुना उठी हैं। मेरे फर्श पर चहलकदमी करते दर्जनों किरदारों के अक्स उभर आए हैं, हँसते रोते बिगड़ते-झगड़ते, खीझते-चीखते और कुछ झुकी हुई निगाहों से खामोशी का लबादा ओढ़े किरदार जैसे दमयंती जैसे गिरिजा जैसे कुंती...। मैं खो जाती हूँ इनकी चित्र विचित्र भंगिमाओं में। सारे चेहरे गड्ड-मड्ड होकर एक दूजे का मुखौटा लगने लगते हैं।

कानों में गूँज उठी है वो ढोलक की थाप। कल सुमन के भाई प्रवीण का ब्याह है। आठ दिन पहले मोहल्ले में गीतों का बुलावा चला गया था। तब से रोज दोपहर बाद हवेली के आँगन में औरतों का जुटान होता है। बन्ना बन्नी गाए जाते हैं, ढोलक पर चम्मच बजाते हुए हवेली की औरतें बारी-बारी नाचती हैं। जवानी की दहलीज पर खड़ी लड़कियों को फिल्मी गानों में ज्यादा दिलचस्पी है। साँझ ढले तक हँसी ठिठोली का कलरव गूँजता है। फिर रोटी पानी की बेला हो चली-कहकर एक-एक कर सब खड़ी हो जाती हैं। सुमन की माँ गायत्री दो-दो मुट्ठी बताशे देकर सबको विदा करती है। प्रवीण की शादी में ही मैंने सुहागी को हाथ घुमा-घुमाकर घूमर करते देखा था, उसका जोश देखकर लोगों के साथ-साथ मैं, मेरा साथी पीपल और उस पर लटका चिड़ियों का झुंड भी अचंभित था।

शादी के दो दिन बचे हैं। दूल्हे को मेहँदी लगाने की तैयारी हो रही

है, भीतर कमरे में माँ गायत्री सुबक रही है। पहले बेटे का विवाह है, नाते रिश्तेदारों से घर भरा है, पर ब्याहता बेटी कुंती ससुराल से नहीं आई है। पाँच साल बीत गए, शादी के बाद से किसी नाराजगी के कारण ससुराल वालों ने कभी मायके नहीं भेजा, फिर भी जाने क्यों गायत्री एक आस लगाए बैठी थी कि इस बार समधियों का दिल पसीजेगा, पर सब व्यर्थ अंततः कुंती नहीं आई।

गायत्री को सांत्वना देकर उसकी जेठानी हल्दी की रस्म के लिए ले गई। दूल्हा प्रवीण पाजामा पहने चुपचाप पीढ़े पर बैठा है। माँ ने सबसे पहले गाल पर हल्दी लगाई। फिर सभी संबंधी औरतें बारी-बारी जाकर हल्दी लगाने लगीं। गायत्री पास बैठी बुजुर्ग को संबोधित कर बोली—

"ताई, आप भी लगाओ।" मोहल्ले भर की लड़कियों के कान-नाक छीदने वाली वह जगतताई थी, जिसे बच्चे-बड़े सब ताई कहकर पुकारते। एक मुट्ठी चना गुड़ मुँह में खिलाकर चुटकियों में नाक-कान छेदने में ताई को महारत हासिल थी।

ताई ने खीसें निपोरते हुए प्रवीण के गाल से लेकर ठोड़ी तक हल्दी लेप दी। प्रवीण झुँझला गया हाथ बढ़ाकर हल्दी झाड़ने लगा। पड़ोस की भाभी ने चिढ़ाया—

"अरे देवरजी! असली हल्दी तो कल सुबह लगेगी जब हम लगाएँगे। ऐसी पुताई करेंगे कि रंग छुड़ाए ना छूटेगा।"

"और सुहाग सेज पर भी पीले बंदर सा मुँह लेकर जाना।" दूसरी ने छेड़ा।

खिलखिलाहट के गुब्बारे फूट पड़े, लेकिन छेड़छाड़ से प्रवीण बिफर गया और बिना कुछ बोले उठकर गुसलखाने में चला गया।

वह अभी मात्र इक्कीस साल का था। गोरा रंग, लंबा कद, चौड़ा सीना, मजबूत पुट्ठे, गहरी आँखें, रौबीली चाल—मानो कोई यूनानी देवता हो। सचमुच ऐसा आकर्षक व्यक्तित्व हजारों में किसी एक का होता है। प्रवीण में अन्य कोई विशेष गुण न था। मैट्रिक पास करने के बाद एक दो साल यों

ही मौज मस्ती में गुजार दिए। बेटे की छुट्टल हाथी सी आवारगी पर अंकुश डालने के लिए पिता सुरेशचंद ने उसे अपने साथ दुकान पर ले जाना शुरू किया। वे एक व्यापारी के यहाँ मुलाजिम थे।

दुकान पर आता-जाता प्रवीण मस्तानी चाल से तीन-चार बार गली से गुजरता। वह नहीं जानता था कि इस इलाके के प्रतिष्ठित व्यक्ति बृजभूषण की छोटी बेटी सुनीता अपने छज्जे से उसे बराबर निहारती थी। यों तो सुरेशचंद दूसरी मंजिल पर रसोईघर और गुसलखाने के साथ बने कमरे में रहते थे, इसी मंजिल पर लालचंद का परिवार भी रहता था। पर निचली मंजिल पर चार किराएदारों के अलावा हवेली के बाहरी हिस्से में एक कमरा सुरेशचंद के कब्जे में था, जिसमें प्रवीण उठता-बैठता-सोता था। संयोगवश प्रवीण के कमरे के ठीक सामने वाली हवेली में बृजभूषण की रिहायश थी। दोनों हवेलियों के बीच गली के दोनों ओर आठ-दस मकान होने के बावजूद भौगोलिक स्थिति ऐसी थी कि प्रवीण का कमरा और सुनीता का छज्जा बिल्कुल एक-दूसरे की ओर मुख किए थे।

बीस वर्षीया सुनीता बी.ए. में पढ़ती थी। प्रवीण के विपरीत वह छोटे कद की दबे हुए रंग और औसत नैन-नक्श वाली निहायत साधारण लड़की थी, पर स्वभाव से मानिनी, आत्मविश्वास से परिपूर्ण और हठीली।

प्रवीण जैसे बाँके नौजवान को लुभाना उसके लिए कम चुनौतीपूर्ण न था, पर ईश्वर जाने उसने कौन सा बाण फेंका कि प्रवीण घायल हिरण की तरह उसके कदमों में जा गिरा और अब छह महीने हो गए वह सुनीता के प्रेमपाश में पूरी तरह से आबद्ध हो चुका है। सुनीता संभ्रांत घर की अमीरजादी है। कार से कॉलेज आती-जाती। ड्राइवर को चकमा देकर प्रवीण से मिलती, घूमती-फिरती और उसे महँगे उपहार देती। उस जमाने में मोबाइल फोन का आविष्कार नहीं हुआ था। सुनीता के घर में टेलीफोन था, पर प्रवीण के यहाँ वह भी नहीं। सो चिट्ठियों का भरपूर आदान-प्रदान होता।

उन दिनों मैंने प्रवीण को अकसर यह फिल्मी गीत गुनगुनाते सुना है—मेरे सामने वाली खिड़की में इक चाँद का टुकड़ा रहता है...। हकीकत यह थी

कि सामने खिड़की तो थी पर चाँद नदारद था। उस जमाने में चाँद की जमीन खुरदरी है, कोई नहीं जानता था, सो चाँद ही खूबसूरती का उपमान था। इस नजरिए से प्रवीण के भावों की अभिव्यक्ति के लिए यह गीत नितांत असंगत था। सुनीता के रूप की चाँद से कतई साम्यता नहीं थी, पर प्रेम की पींग भरने वाले पर मादक उड़ान का नशा हावी होता है।

प्रवीण और सुनीता के प्रेम का पौधा तेजी से जड़ पकड़ रहा था कि अचानक कुठाराघात हुआ। हुआ यों कि प्रवीण का विवाह आगरा से सटे देहात की एक लड़की से तय हो गया, जिसका वह प्रतिरोध ना कर सका। सुनीता ने प्रवीण को बुलाकर लताड़ा फटकारा। वह क्रोध से फुफकार रही थी, प्रवीण सिर झुकाए खड़ा था। आँखों में आक्रोश के आँसू लिये उसे कोसती हुई सुनीता वहाँ से चली गई। प्रवीण तड़प उठा, पर करे तो क्या करे। खूँटे से बँधे बैल की तरह शादी के मंडप में जा बैठा और गिरिजा को ब्याह कर ले आया।

गिरिजा गोरी चिट्टी, मजबूत कद-काठी की आठवीं पास देहाती लड़की थी, जिसका मुख किसी ने नहीं देखा, क्योंकि उसके आधे चेहरे पर हमेशा घूँघट रहता परंतु कभी-कभार लुक छिप करते गुलाबी होंठ और तीखी नाक यवनिका से झाँककर रूप का परचम लहराते। कभी वह रसोई घर में खाना पकाती, कभी सास-ससुर को दौड़-दौड़कर गरम रोटियाँ परोसती, आँगन में धमाधम थापी से कपड़े पीटती, तो कभी चलनी से गेहूँ फटकती छानती। आस-पड़ोस के लोगों ने उसे जब देखा चक्करघिन्नी की तरह घूमते ही देखा। न तो बैठे हुए देखा, न कभी पति से बतियाते देखा।

शादी को छह महीने बीत गए। प्रवीण ने अपनी ब्याहता की ओर कभी ताका भी नहीं। अभी भी निचली मंजिल पर अपने कमरे में ही सोता। जबकि गिरिजा रात में सारा काम निपटाकर दूसरी मंजिल पर बने रसोईघर में फर्श पर बिस्तर लगाकर सोती। उसे देख मैं अकसर सोचा करती कि चादर से मुँह ढाँपकर यह गूँगी गुड़िया अभी क्या सोचती होगी, कौन जाने उसके पास एक धड़कता हुआ दिल था भी या बस हाड़ मांस का शरीर ही था...या दिन

भर खटने के बाद पल भर में उसकी पलकों पर नींद धावा बोल देती होगी। बहरहाल बेमन से की गई शादी को प्रवीण स्वीकार नहीं पाया। सुनीता ने वशीकरण का ऐसा मंत्र फूँका था कि गिरिजा का रूप-लावण्य, सेवा और सादगी उसका मन न मोह पाए। सुनीता पुनः छज्जे में आकर खड़ी होने लगी पहले से अधिक बेबाकी से। धीरे-धीरे पुनः दोनों टूटे प्रेम को जोड़ने में जुट गए।

समय पंख फैलाए उड़ता गया और दो वर्ष बीत गए। एक दिन लोगों ने गिरिजा को गला फाड़-फाड़कर रोते विलपते सुना। कारण था कि उसके मायके से एक पोस्टकार्ड आया था, जिसका कोना फटा हुआ था। संदेश था कि सोलह-सत्रह साल के भाई की मृत्यु हो गई है। गिरिजा उस दिन आँगन में पैर फैलाए बुक्का फाड़कर रो रही थी। आँचल ढलका था, मुख अनावृत्त। लोगों ने पहली बार उस रूपमाधुरी को देखा। एक कसी हुई बंद पोटली आज खुलकर बेतरतीबी से हवेली के पुरुषों के आगे भी बिखर गई थी। ननद सुमन पानी पिलाकर उसे शांत करने का प्रयास कर रही थी।

उसी शाम ससुर सुरेशचंद गिरिजा को लेकर उसके मायके चल दिए। उन्हें मन-ही-मन क्षोभ था कि बहू की दु:खद घड़ी में भी प्रवीण उसे ससुराल ले जाने को तैयार न हुआ। पिता के लताड़ने पर भी ठूँठ बना रहा। अंततः ससुर के साथ ही लंबा घूँघट काढ़े गिरिजा मायके की ओर चल पड़ी।

उसके जाने के बाद गिरिजा के प्रति सहानुभूति रखने वाले सभी पड़ोसी प्रवीण की निष्ठुरता की आलोचना करने लगे

"कैसी कर्मठ बहू है, दिन-रात कोल्हू के बैल सी खटती है।"

"अब पता लगेगा—देखना तेरह दिन तक कौन चूल्हा चौका सँभालता है!"

"बेचारी गाय है, बाप ने जिस खूँटे बाँध दिया बँध गई।"

पड़ोसी अपने-अपने ढंग से गिरिजा के दु:ख का बखान करते हुए सहानुभूति दिखा रहे थे, पर अगली ही शाम इन लोगों ने बहू और ससुर को घर लौटते देखा तो अचंभित रह गए। सुरेशचंद ने बताया कि गिरिजा का भाई

बिल्कुल स्वस्थ और सानंद है। तीन दिन पहले उसके सिर पर कौआ बैठ गया था, इसी अपशकुन को टालने के लिए करीबी रिश्तेदारों में मृत्यु की झूठी खबर फैलाई गई।

इस घटना की चार-पाँच दिन तक खूब चर्चा होती रही। औरतें ठठाकर हँसती थी, बच्चे चटखारे लेकर यह किस्सा सुनाते। कुछ लोग गिरिजा के भाई को सकुशल जान आश्वस्त हुए तो कुछ ने अंधविश्वास की जमकर आलोचना की। जो हो इस घटना के बाद मोहल्लेवासियों के हृदय में गिरिजा के प्रति ढेर सारा प्रेम और करुणा जाग गई थी। अगले दिन से गिरिजा ने पुनः वही आवरण ओढ़ लिया। वही कर्मण्यता, वही धैर्य, वही सादगी, वही यवनिका।

प्रवीण के बाद हवेली के अन्य किराएदारों के तीन-चार लड़कों के विवाह हुए, संताने हुईं किंतु प्रवीण ने कभी गिरिजा की ओर पलटकर नहीं देखा, न ही गिरिजा ने कभी दांपत्य अधिकार माँगा। यह युगल पहले लोगों की उत्सुकता का केंद्र बना रहा, फिर उम्मीद का। उन्हें विश्वास था कि सब लड़के विवाह के बाद जोरू के पल्लू में बँध ही जाते हैं, किंतु प्रवीण और गिरिजा के विवाह को सात साल बीत गए। गिरिजा न जाने कौन सा कर्ज चुकाने इस घर में आई थी, जो मूक रहकर क्रीतदासी की तरह अपना कर्तव्य निभा रही थी बिना कोई अधिकार माँगे।

प्रवीण की प्रेयसी सुनीता अपने घर में विवाह न करने की घोषणा कर चुकी थी। माँ-बाप ने लाख समझाया पर बेटी के अडिग निर्णय के सामने परास्त हो गए। अंततः उसके छोटे भाई का विवाह कर दिया गया।

सुनीता अट्ठाईस की उम्र पार कर चुकी थी, अब घर में कोई उसकी शादी की चर्चा ना करता। उस जमाने में इस उम्र की लड़की के लिए योग्य वर मिलना आसान न था। आज का समय होता तो प्रवीण पत्नी को तलाक देकर सुनीता से विवाह कर लेता। ऐसा नहीं कि सुनीता ने उस पर गिरिजा को तलाक देने का दबाव नहीं डाला, किंतु उस कायर पुरुष में इतना माद्दा होता तो गिरिजा के संग मंडप में फेरे ही क्यों लेता।

सुनीता को अब प्रवीण पर रोष होता। पिछले सात-आठ वर्षों से वह अपने प्रेमपादप को पोस रही थी। जिस आकर्षक रंग रूप और बलिष्ठ काया पर वह मोहित हो गई थी, नहीं जानती थी उस भरपूर काया में एक कमजोर मन, औसत बुद्धि और भीरुता का वास है। मध्ययुगीन रानियों के हब्शी गुलामों की तरह प्रवीण उसके दास सरीखा था। जबकि सुनीता का अतृप्त नारीमन आत्मविश्वास से लबरेज स्वामित्व की छाँह खोजता। उसका प्रेमी न मन का सम्राट् था, न धन का राजा, न उसकी कोई सामाजिक हस्ती थी, न विशेष कमाता। जब वह बुलाती दुम हिलाता तयशुदा ठिकाने पर पहुँच जाता, उसकी मान मनव्वल करता, दोनों घूमते-फिरते, हर बार होटल रेस्टोरेंट का बिल भी वही चुकाती। विवाह के बाद भी वह सुनीता के पल्लू में लटका रहा, किंतु सुनीता के लिए अब आनंद की बजाय अवसाद के क्षण ज्यादा होते, क्योंकि वह उसे गिरिजा को छोड़ने को कहती और प्रवीण इस प्रसंग के छिड़ते ही घबरा जाता।

प्रवीण के पलायनवादी रवैये के कारण दोनों में विवाद बढ़ने लगा, संबंधों में खटास आने लगी। सुनीता के आक्रामक तेवरों के कारण प्रवीण भी उससे मिलने की आतुरता खोने लगा। फिर कुछ ऐसा हुआ, जिसकी दोनों ने कभी कल्पना न की थी।

हुआ यों कि एक बार प्रवीण को तेज बुखार हुआ और वह घर में ही चक्कर खाकर गिर पड़ा। डॉक्टर ने मुआयना किया तो टाइफाइड निकला। दस दिनों तक वह खटिया पर पड़ा रहा। तेज ज्वर में बेहोशी सी छा जाती, गिरिजा माथे पर ठंडे पानी की पट्टियाँ रखती, हाथ और तलवों की मालिश करती। आठ वर्षों में पहली बार उसे पति को छूने का मौका मिला था। शुरू-शुरू में प्रवीण ने बेरुखी दिखाई। वह दवा पिलाने आई तो उसने हाथ से परे धकेल दिया, दवा बिखर गई, काँच की शीशी टूट गई, पर प्रवीण का वैराग्य ना टूटा। जो प्रवीण सुनीता के तलवे चाटता था गिरिजा के सामने उसका पुंसस्व जाग उठता, वह फुफकारने लगता। पर आज रोगी काया ने जैसे अवश कर दिया था। काँच के टुकड़े समेटती गिरिजा को वह चुपचाप कनखियों से देखता रहा।

गिरिजा की अहर्निश सेवा शुश्रूषा ने प्रवीण को दस दिन में उठने लायक बना दिया। उधर सुनीता को प्रवीण की बीमारी की खबर हुई, वह उसे देखने को विकल हो उठी। दिन में दस-दस बार अपने छज्जे पर ऐसे चहलकदमी करती, जैसे कोई व्याकुल गौरैया अपने नवनिर्मित घोंसले के आस पास फुदकती रहती है। जब दस दिनों तक प्रवीण के दर्शन नहीं हुए तो मन-ही-मन लक्ष्य साधकर वह उठी। पैरों में स्लीपर पहने और प्रवीण के कमरे में आ धमकी।

गिरिजा प्रवीण के लिए काढ़ा बनाकर लाई थी, माँ गायत्री पंखा झल रही थी, सुरेशचंद भी निकट ही कुरसी पर बैठे थे। उसके अप्रत्याशित आगमन से पल भर को सब स्तब्ध रह गए। वह कुछ बोले बिना कमरे में घुसी और पलंग पर बैठे प्रवीण की ओर जैसे ही लपकी सुरेशचंद गरजे—

"बेशर्म, कहाँ घुसी जा रही है, निकल बाहर...।"

बरसों से दबा ज्वालामुखी फूट पड़ा। जवान बेटे पर तो अंकुश नहीं लगा पाए, आज सारे टंटे की जड़ को सामने देख उबल पड़े। सुनीता की बाँह पकड़कर उन्होंने उसे द्वार की ओर घसीटा, सुनीता इस आकस्मिक स्थिति के लिए तैयार न थी। उसने झटके से खुद को छुड़ाया और कमरे में मौजूद लोगों को आँखों से तरेरते हुए प्रवीण की ओर देखा। इस दृष्टि में अनुराग, आग्रह, अधिकार और आक्रोश का मिश्रित भाव था, पर उसके प्रेमी ने प्रतिक्रिया में नजरें झुका लीं। सुनीता पर घड़ों पानी पड़ गया। वह तेजी से मुड़ी और लंबे डग भरती हुई अपने घर की ओर चल दी।

सुनीता जैसी उन्मुक्त और मानिनी युवती आज मिली अवमानना और प्रवीण की तटस्थता से बुरी तरह आहत हो गई थी। आज उसमें ना क्रोध की फुफकार थी, ना आक्रोश की अग्नि। जली हुई रस्सी की ऐंठन जैसे बुझी हुई राख में नजर आती है...विवश और लाचार...वैसी ही सुनीता की मन:स्थिति थी। स्वाभिमान के कतरों को किसी तरह उसने समेटा। आज उसका मोहभंग हो गया था। भारी कदमों से लौटते हुए उसने मन-ही-मन प्रण किया...अब और नहीं! और सचमुच उसी पल से उसने प्रवीण को त्याग दिया।

सुनीता के दर्प, हेमंत की कायरता और गिरिजा के धीरज ने मिलकर पिछले आठ वर्षों में संबंधों का जो त्रिकोण बनाया था, उसकी एक भुजा आज छिटककर अलग हो गई। शायद तीनों का परस्पर विरोधी स्वभाव ही उन्हें अब तक एक-दूसरे से जोड़े हुए था। प्रवीण सुनीता के मोहपाश का पंछी बना बरसों से प्रेम और सुरक्षा का दाना-पानी चुगता रहा। यह महत्त्वाकांक्षाविहीन युवक डरपोक पंछी की तरह पिंजरे को ही अपनी मौजगाह समझता था। आज अचानक बंधन खुलते ही उसे पहले भय फिर स्वछंदता का अनुभव हुआ। जैसे नया चूजा डरते-डरते पहली उड़ान भरता है, पर जल्द ही उसे अपने डैनों की मजबूती का एहसास हो जाता है और क्यों ना हो गिरिजा के रूप में उसकी टूटती साँसों को थामने वाली पेड़ की शाख तो थी ही। प्रवीण की बीमारी के घटनाक्रम के साथ गिरिजा के साथ उसके संबंधों में प्रगाढ़ता आने लगी।

एक वर्ष बाद गिरिजा ने पहले पुत्र को और चार वर्षों बाद दूसरे पुत्र को जन्म दिया। उद्दाम झरने सा उच्छृंखल प्रवीण अब पैंतीस की वय में मर्यादित पति और जिम्मेदार पिता बन चुका था।

गिरिजा का पति बनने के साथ ही उसके जीवन में जबरदस्त परिवर्तन आया। राजधानी के एक बड़े शोरूम में उसने सेल्समैन की नौकरी कर ली। रूप तो कामदेव सा था ही, सुनीता के साहचर्य में बड़े-बड़े रेस्टोरेंट में पार्टी पिकनिक के बहाने संभ्रांत वर्ग के तौर-तरीके, चाल-ढाल और शैली भी सीख चुका था। नौकरी के दौरान ये भाव भंगिमाएँ उसकी प्रगति में सहायक बनीं। यहाँ तक की प्रवीण को पुरुषों के लिए रेडीमेड परिधान बनाने वाली एक बड़ी कंपनी ने मॉडलिंग के लिए साइन कर लिया। जो सुनता प्रवीण के भाग्य पर रश्क करता। गिरिजा ने भी एक मॉडल की पत्नी की जीवन शैली अपना ली। हवेली छोड़कर वह पति के साथ नए फ्लैट में सुखद जीवन बिताने लगी। दोनों बच्चे मिशनरी स्कूल में पढ़ने लगे। भाग्य प्रवीण पर सुखों की बरखा कर रहा था।

जबकि प्रवीण से विलग होने के बाद सुनीता का जीवन एकाकी, रुक्ष और बेमानी हो गया। उसकी तड़प, छटपटाहट ने धीरे-धीरे उदासीनता और

निष्क्रियता का रूप अख्तियार कर लिया। प्रवीण के प्रथम पुत्र के जन्म के बाद सुनीता के लिए जीवन का एक अध्याय समाप्त हो गया था, फिर प्रवीण का उस इलाके को छोड़कर नए घर में जाना और सुनीता की माँ की मृत्यु इन दो घटनाओं ने सुनीता को नदी की विरल धारा की तरह गतिहीन बना दिया।

पिता सत्तर की उम्र पार कर चुके थे, सामने डोलती चिरवियोगिनी परित्यक्ता सी बेटी को देख उनके सीने में टीस उठती। कभी जो घर इतना भरा पुरा था आज दो क्लांत जीव वहाँ निष्प्राण सा जीवन बिता रहे थे।

प्रवीण के जीवन में सुखों की बरखा करते-करते शायद नियति को त्रिकोण से छिटकी उस भुजा का स्मरण हो आया और वह सुनीता की जीवन सरणि की ओर लपकी। बरसों बाद कुछ ऐसा संयोग बना कि सुनीता की बड़ी बहन उसके लिए एक रिश्ता लेकर आई। पिता की बूढ़ी आँखें चमक उठीं, पर सुनीता को कौन समझाए—इस विचार के त्वरित झोंके ने आशा की लौ को बुझा डाला और बृजभूषण के मन में अँधेरा छा गया।

अब यह सुखद अनहोनी नहीं तो और क्या थी कि जो सुनीता जीवन भर विवाह प्रस्ताव को ठोकर मारती रही, आज स्वभाव के विपरीत और पिता की आशा के प्रतिकूल उसने बहन के सम्मुख हामी भर दी। अंततः बहन द्वारा प्रस्तावित एक आप्रवासी विधुर से अड़तीस वर्ष की उम्र में सुनीता का विवाह हो गया। वह सदा के लिए कनाडा चली गई।

मैं गिरिजा और सुनीता इन दो स्त्रियों के जीवन का आकलन करती हूँ। दोनों ने एक पुरुष के कारण दुःख पाया-वियोग का दुःख, एक ने पहले दूसरी ने बाद में। गिरिजा ने एकनिष्ठ सेवा की, सुनीता ने उत्कट प्रेम लेकिन दोनों के सीने में शूल चुभे। जबकि प्रवीण के भाग्य में दोनों से सुख बदा था। लगता है नियति भी स्त्री पुरुष में पक्षपात करती है। कायर प्रवीण को जब-जब याद करती हूँ, दिल में हूक उठती है, लेकिन गिरिजा और सुनीता को मन भर असीसती हूँ, जहाँ रहें सुखी रहें दोनों।

□

11

दर्जनों बाशिंदों वाली चार मंजिलों में फैली मेरी देह में सुहागी और गिरिजा जैसे कुछ और किरदारों की खुशबू है, जो मेरी जर्जर होती दीवारों में साँस फूँकते हैं, मुझे बचे रहने का हौसला बख्शते हैं। कुछ ऐसी हव्वा की बेटियों का साथ मुझे मिला जिनका जीवन आँसुओं का खारा समंदर होता पर अपनी जीवटता से उन्होंने इसे मीठे घाट के पानी में बदल दिया।

सुहागी की तरह ही एक और डरी सहमी औरत ने हवेली की ड्योढ़ी में कदम रखा था। उसके बिना 1162 की कहानी अधूरी होगी। यह थी कुंती।

उसका किस्सा सूखे होठों पर जमी पपड़ी की तरह निहायत खुश्क था, जहाँ ना बसंती बयार थी, ना फागुन के रंग और ना आषाढ़ की बौछारें। जबकि हवेली की ज्यादातर लड़कियाँ ठंडे चश्मे के पानी सी अठखेलियाँ करतीं। कुंती से पहले याद आता है मुझे हवेली की लड़कियों का खेल खिलौनों और मस्तियों से भरा बचपन...लड़कपन। उन्हें कमी थी तो बस आजादी की, सारी मौज-मस्ती हवेली की दहलीज और गली के नुक्कड़ तक थी। गली का मोड़ मुड़कर स्कूल तक जाना ही उनका नसीब था। उसके आगे तो बंदिशें-ही-बंदिशें थी।

कमलकांत की बेटियों को छोड़कर हवेली की ज्यादातर लड़कियाँ पढ़ाई लिखाई से दूर घर पर ही रहतीं। कॉलेज जाने की उन्हें इजाजत नहीं थी, क्योंकि कॉलेज जाने का मतलब है लड़कियों का बिगड़ जाना। आठवीं दसवीं तक स्कूली पढ़ाई की, उसके बाद सीना-पिरोना, कढ़ाई-बुनाई करते धागे

और ऊन की लच्छियों में ही उनकी किस्मत उलझकर रह जाती। बारह–तेरह बरस की उम्र तक छूट थी, जिसका वे भरपूर उपयोग करतीं, खूब खेलतीं–पकड़म पकड़ाई, पहल दूज, आईस पाईस, पोसम पा भई पोसम पा, गुड्डे गुड़िया का ब्याह और तो और पड़ोस के लड़कों के साथ पिट्ठू खेलने से भी कोई ना रोकता। कई चूल्हों कई घरों वाली यह हवेली इस मामले में विश्वास की डोर से बँधे एक संयुक्त परिवार की तरह थी, किशोर लड़के–लड़कियाँ साथ–साथ उम्र की सीमा लाँघ रहे थे। कभी–कभी गुल्ली डंडा या पतंगबाजी में कुछ सहायक कार्य लड़कियाँ करतीं, जैसे दूर गिरी गिल्ली को दौड़कर लाना या पतंग की डोर लपेटने और कन्ने बाँधने में मदद करना या चरखी पकड़ना।

हवेली की दर्जन भर लड़कियों में दो की पक्की दोस्ती थी एक थी कमलकांत की बेटी मन्नू और दूसरी नीचे वाले किराएदार की बेटी सुमन यानी गिरिजा की ननद। सुमन निचली मंजिल पर रहती और मन्नू पहली मंजिल पर। सुमन बहुत सुंदर थी, मन्नू से दो साल बड़ी। मन्नू पाँचवीं और सुमन छठी में पढ़ती। मन्नू पढ़ने में अव्वल और सुमन साधारण पर उसका रंग–रूप असाधारण था। कटोरे जैसी आँखें, कटीली मुसकान और हँसमुख स्वभाव। उसके घर का बैठकखाना मन्नू के छज्जे के कोने से साफ दिखता।

सुमन के साथ रोज एक–दो घंटे खेलना मन्नू की दिनचर्या थी। गली के भीतरी अंतिम छोर पर जमीन का लंबा टुकड़ा बच्चों के खेलने का अड्डा था। जब खेलकर थक जाते सुमन की बैठक के बाहर बनी पत्थर की लंबी बेंचनुमा चौंतरी पर बैठकर खूब गपियाते। उस चौंतरी पर दर्जन भर बच्चे पंक्तिबद्ध होकर आराम से बैठ सकते थे। लड़कियाँ अकसर दो–दो की संख्या में वहाँ बैठकर गिट्टे भी खेलतीं।

स्कूल से आते–जाते कहीं छोटे आकार के पत्थर दिख जाते तो लड़कियाँ उन्हें ऐसे झपटकर उठातीं मानो कीमती हीरे मोती हों। घर आकर माँ से नजरे बचा कर उन्हें धो–पोंछकर मित्रों की टोली में गिट्टों के नए सेट के रूप में पेश करतीं।

"आहा! कितने सुंदर गिट्टे हैं, कौन लाया?" सब पूछतीं।

"मैं लाई हूँ।" बड़ी शान से अँगूठा सीने पर ठोंकते हुए लाने वाली कहती। मानो कोहिनूर हीरे की नई-नई स्वामिनी बनी हो।

माँ से कई बार चपत भी लगती थी कि सड़क पर पड़े पत्थर गंदे होते हैं, खबरदार जो उन्हें छुआ, पर कैसा मीठा बचपन था इनका। इनके निर्मल मन की उड़ान को सांसारिक मलिनता बाधित न कर पाती।

कई बार कान-नाक छेदने वाली ताई इन लड़कियों को चौंतरी पर बैठकर पुराने जमाने की कहानियाँ सुनाती और कहती कि इमली के पेड़ पर भूत रहते हैं। शाम ढलने के बाद इमली तले जाना खतरनाक है। जंगल से गुजरो तो इमली के पेड़ के नीचे भूलकर भी न बैठो, भूत चिपट सकते है—वगैरह वगैरह।

ऐसी कहानी सुनने वालों के चेहरों पर कुछ देर के लिए हवाइयाँ उड़ने लगतीं तो भी इमली से अनुराग कम ना होता। तीसरी चौथी कक्षा में पढ़ने वाली बच्चियाँ स्कूल के बाहर सड़क पर बिकने वाली लाल इमली (किसी मीठे सिरप में लिपटी हुई) दस पैसे की खरीदतीं। बेचने वाला अपने डिब्बे में से लंबी-लंबी पाँच-सात इमलियाँ निकालकर कागज के टुकड़े पर रखता, उस पर टाटरी छिड़कता। इस प्रक्रिया को देखते-देखते मुँह की कोशिकाएँ इतनी सक्रिय हो जातीं कि जरा चूके नहीं, मुँह से फव्वारा छूट जाए। हाथ में आते ही खरीदार कल्पवृक्ष से टूटे अमृतफल की तरह बड़ी श्रद्धा से उन्हें खाते-खाते घर का रुख करतीं। वो अलौकिक स्वाद क्या जीवन में कभी भूल पाएँगी।

एक आँख बंद करके चटखारे लेते हुए कटारे (सूखी इमली) पर नमक बुरक कर खाने का भी अलग ही मजा था और फिर खाने के बाद दाँत किटकिटाना भी अनोखा शगल...और तो और चियाँ भी ये खूब खातीं। चियाँ यानी इमली के बीज। इमली खाकर बीज घर ले आतीं। उन्हें फोड़ने से उनके गहरे भूरे छिलके झड़ जाते और भीतर के सफेद चियाँ माँ तवे पर भून देती। ये बालिकाएँ उन्हें मुँह में रखकर सुपारी की तरह चुभलाती रहतीं। स्वादहीन

होने पर भी घंटों जुबान पर घुमाते रहने का मोह न छूटता, उनके लिए ये देसी च्यूइंगम थी।

बदलते दौर में मैं सोचती हूँ अब न इमली का बूटा, न भूत की कहानी, न अंधविश्वासों पर विश्वास करने वाले वो अबोध बच्चे हैं, न इमली के स्वाद सी उनकी खट्टी-मीठी यादें...।

हवेली की औरतों का पुरानी दिल्ली के 'जनाना पार्क' से गहरा नाता था। जाड़े की छुट्टियों में किसी किसी दिन स्त्रियाँ घर का काम जल्दी-जल्दी निपटाकर धूप सेंकने या तो कंपनी भाग जातीं या इस पार्क में आतीं। चाँदनी चौक की सँकरी गलियों की बहुमंजिला हवेलियाँ सूरज की तपिश से महरूम ही रहतीं। इन हवेलियों के बाशिंदे धूप के कुछ टुकड़ों की तलाश में इस बाग का रुख करते। आस-पड़ोस की धनाढ्य से लेकर मध्यवर्गीय परिवारों की महिलाएँ हिलमिल कर सैर सपाटे को निकलतीं और सूरज डूबते-डूबते अपने घरों को लौट जातीं। यहाँ पुरुषों का प्रवेश वर्जित था।

दोपहर बारह-साढ़े बारह बजे तक सब खा-पीकर मटरगश्ती को तैयार जनाना पार्क पहुँच जाते। किसी की माँ व्यस्तता के कारण न जाती तो पड़ोसन के हवाले बच्चों की फौज होती। न अपने बच्चों की सुरक्षा की चिंता न किसी के प्रति कोई अविश्वास। सौहार्द के सहज सूत्र से वे भी बँधे रहते, जो दो दिन पहले किसी बात पर सिर फुटौवल कर रहे थे। विचित्र थी यह मुहल्ला संस्कृति, जिसमें बच्चों की आए दिन सस्ती और सुंदर पिकनिक हुआ करती।

किशोरियाँ पार्क में एक-दूसरे की ओर उछालकर फेंका जाने वाला रिंग (मोटे रबर का गोल रिंग) खेलतीं। थ्रो और कैच की कुशलता का परीक्षण होता। जब थक जातीं तो बैठकर गिट्टे खेलतीं या कोयले से लकीर खींचकर स्टापू।

पार्क में शहतूत से लदे नाटे पेड़ थे, जिन पर लटके हरे, जामुनी और काले शहतूत उन्हें इशारे से बुलाते। लड़कियाँ झुंड बनाकर जातीं, उचककर रसीले शहतूत फ्रॉक की झोली में भर लेतीं और खूब खातीं। मजे की बात यह

थी पार्क के कोने में दिन भर के थके-हारे दो-तीन माली बैठकर गपियाते रहते और ऐ लड़कियों...कहकर बीच-बीच में डपटते पर न लड़कियाँ रुकतीं, न वे गप्पबाजी छोड़कर उन्हें खदेड़ने के लिए उठते। अपनी ड्यूटी भी कर ली, बच्चियों पर दया भी...क्या जमाना था!

एक दिन जनाना पार्क से लौटी इन लड़कियों की रोचक बातचीत सुनकर मेरे होठों पर भी मुसकान फैल गई।

"मुझे शहतूत बिल्कुल अच्छे नहीं लगते...छिः लगता है, जैसे जीते जागते कीड़े हों।" टिन्नी ने मुँह बिचकाया।

"हट पगली, कभी खाकर भी देखे हैं? कित्ते मीठे और रसीले होते हैं..." नूनू ठमककर बोली।

"सच्ची, आम से भी ज्यादा...शहद जैसे मीठे, देख मैं कित्ते सारे लाई हूँ।" हाथों में समेटी फ्रॉक की पोटली खोलकर दिखाते हुए गुड़िया बोली। सहेलियों ने हाथ बढ़ाकर कुछ और शहतूत खाए, पर टिन्नी अभी भी होंठ सिकोड़े दूर से देखती रही। सब कितनी खुश थीं, पर मैं जानती थी उसकी फ्रॉक में पड़े शहतूत के दाग देखकर हाथ से कपड़े धोने वाली माँ की भृकुटी जरूर तन जाएगी।

छुट्टी का दिन तो ऐसा नशीला और मदमस्त होता कि खेलना-खेलना और बस खेलना। जब तक पुकारा ना जाए, घर की ओर कोई ताकता भी नहीं था। सबकी माँ बस खाने के लिए बुलाती। शाम को खेल सभा मुल्तवी होती, तब थक-हारकर सब बच्चे घर जाते और अपना-अपना होमवर्क करते।

उस दिन इतवार था, नहा-धोकर नाश्ता किया और मन्नू ने मिठाई का टुकड़ा प्लेट में ही छोड़ दिया। उनके यहाँ नाश्ते में भी मिठाई खूब खाई जाती थी। उसकी माँ दमयंती बिगड़ी—"मिठाई खाकर उठो जूठा नहीं छोड़ते।" पर मन्नू पहले ही उठ चुकी थी, माँ के आग्रह पर ना चाहते हुए भी मिठाई उठा ली और छज्जे में खड़े होकर अनिच्छा से उसे कुतरने लगी। आँखें खेल के अड्डे की ओर लगी थीं। वह टोह ले रही थी कि कोई संगी-साथी खेलने आया या नहीं। कान क्रीडा कल्लोल सुनने को आतुर थे।

अचानक रुदन का एक समवेत स्वर उठा, मानो किसी ने गतिमान घोड़े की लगाम एकाएक खींच दी हो। चलायमान मन झटका खाकर पल भर को धड़कना भूल गया। उसने नजर घुमाई और सुमन को बैठक के द्वार पर रोते देखा। नन्हा सा दिल धक-धक करने लगा, हाथ की मिठाई जूठी थाली में पटकी और सखी धर्म निभाने सुमन के घर की ओर दौड़ पड़ी। मैंने कहा ना उस जमाने में कड़ा अनुशासन होने के बावजूद आस पड़ोस में जाने के लिए माता-पिता की अनुमति लेना या सूचना देना आवश्यक नहीं होता था। आज सोचती हूँ तो यह अजीब सी विसंगति जान पड़ती है, पर शायद पड़ोस के प्रति आत्मीय संबंधों और अपेक्षाकृत सुरक्षित माहौल के कारण उन दिनों ऐसी उन्मुक्तता थी।

कुछ देर में हर घर के दो-तीन सदस्य सुमन के घर एकत्र हो गए। मन्नू के माता-पिता भी जल्दी ही उस समुदाय में सम्मिलित हो गए। औरतें रो रही थीं और पुरुष झुंड में धीरे-धीरे बातें कर रहे थे, बच्चों को ठीक से कुछ समझ नहीं आ रहा था। रोती औरतों के बीच सफेद सूती साड़ी में वैधव्य का बाना ओढ़े सुमन की सबसे बड़ी बहन बैठी थी। उसने सर का आँचल माथे तक खींच रखा था और कभी-कभी दिखते विस्फारित नेत्रों से असामान्य ढंग से इधर-उधर ताक रही थी। आज पहली बार वह हवेली में आई थी। ब्याह से पहले उसका परिवार गाँव में रहता था। ना उस सद्य विधवा की आँखों में आँसू थे, न चेहरे पर दुःख का भाव। उसके आजू-बाजू बैठे दो बच्चे हैरानी से वहाँ का दृश्य देख रहे थे। बच्चों की उम्र लगभग पाँच और आठ वर्ष थी। बेटा मोनू बड़ा था और बेटी गीता छोटी।

अचानक मुझे दो वर्ष पहले की एक घटना याद आ गई जब दूसरी मंजिल के खुले अहाते में खेलते-खेलते मन्नू को प्यास लगी। इस मंजिल पर बने पाँच कमरों में मय रसोई एक कमरा सुमन के पिता के हिस्से में था। मन्नू सुमन के साथ पानी पीने इस कमरे में गई और कोने में रखे घड़े से पानी निकालकर पीने लगी। तभी उसकी नजर दीवार पर टँगे फोटो पर पड़ी, जो उलटा लटका था, यानी चित्र दीवार की ओर था। उसने कौतूहल से पूछा तो

सुमन ने बताया कुंती दीदी की तसवीर है, जब से शादी हुई है वह यहाँ कभी नहीं आई, आठ बरस बीत गए ससुराल वाले नहीं भेजते। माँ खूब रोती है, इसलिए फोटो उलट दिया गया है, ताकि माँ की निगाह ना पड़े। दोनों बच्चियों का वार्त्तालाप सुनकर मैं चौंक पड़ी थी।

अच्छा, तो यही है कुंती जिसके लिए प्रवीण की शादी में उसकी माँ रो रही थी। मैं तो समझ गई पर सात-आठ बरस की मन्नू को ज्यादा कुछ समझ नहीं आया। मैंने देखा सुमन की नजर बचाकर वह कुंती दीदी की तसवीर देखने का लोभ सँवरण नहीं कर पाई थी। दीवार की ओर से टिककर उसने फोटो उठाया और झाँकने का प्रयास किया। जरा, मैं भी तो देखूँ इसकी तसवीर! मेरा मन भी मचल उठा। उसके साथ-साथ मैंने भी देखा फोटो में सुंदर छरहरी युवती स्टूडियो के नकली गुलदान के पास एक हाथ से दूसरे हाथ की उँगलियों को बड़ी नजाकत से पकड़े बैठी थी। कितनी आकर्षक और मोहक तसवीर थी कुंती की।

आज दो वर्ष बाद विधवा के वेश में बैठी यह स्त्री तसवीर वाली कुंती से बिल्कुल नहीं मिलती। कहाँ वह मन मोहिनी अदा कहाँ यह सपाट चेहरा, कहाँ वह आधुनिक शृंगार कहाँ यह निपट ग्रामीण वेशभूषा, मन्नू में यह फर्क समझने की सामर्थ्य नहीं थी, पर उसे इतना जरूर लगा कि यह वह कुंती दीदी नहीं थी, जिसने तसवीर में उसे मोहित कर लिया था। काश, यह वैसी ही होती।

मन्नू की तरह मेरे मन में भी यह टीस जगी थी। काश, कुंती वैसी ही होती! तब नहीं जानती थी हम दोनों के मन की साध एक दिन सचमुच पूरी होगी और सामने बैठी यह सफेद पोटली फिर से तसवीर वाली कुंती की शक्ल अख्तियार करेगी।

कुंती तीन भाई और चार बहनों में सबसे बड़ी थी। रूप और गुण से संपन्न। अभी दसवीं कक्षा में पढ़ रही थी कि एक अच्छा रिश्ता देखकर घर वालों ने विवाह पक्का कर दिया। पिता एक बड़े व्यापारी के यहाँ मुंशी थे, जिम्मेदारियाँ बहुत थीं कमाने वाला एक। सो दसवीं की परीक्षा देने से पहले

ही ज्येष्ठ पुत्री के हाथ पीले कर दिए। ससुराल वालों ने बारात के स्वागत में मीन मेख निकाली और इसी खुंदक में बहू को कभी मायके नहीं भेजा। सुमन के पिता संवेदनशून्य थे या जिम्मेदारियाँ से विवश कहना कठिन है, किंतु थोड़े बहुत शुरुआती अनुरोध के बाद उन्होंने समधियों से बेटी को भेजने का आग्रह कभी ना किया।

अब नियति ने कुंती के साथ ऐसा मजाक किया कि दो-चार दिनों के लिए मायके आने को तरसती कुंती हमेशा के लिए मायके की मोहताज हो गई। हवेली के सभी परिवारों को उससे सहानुभूति थी। पड़ोस की भाभियों चाचियों को वो यदा कदा अपनी आपबीती सुनाती। ऐसे में मेरे उत्सुक कान भी सजग हो उठते। सुनी सुनाई बातों से उसके दस वर्षों के जीवन को जाना तो कलेजा धक से रह गया।

इन दस वर्षों में कुंती की दो संताने हुईं, ससुर की मृत्यु हुई, मायके में दो शादियाँ हुई, किंतु दोनों परिवारों में कभी आना-जाना नहीं हुआ। पिछले सप्ताह टेलीग्राम द्वारा दामाद के निधन की सूचना मिलते ही कुंती के पिता गए और चौथा होने के बाद ही बेटी को ससुराल से लिवा लाए। कुंती के पति दो भाई थे बड़े भाई न जाने क्यों अविवाहित थे और कुंती के पति जो सरकारी मुलाजिम थे प्रायः तबादला होने के कारण दूसरे शहरों में ही रहते। कुंती सास के संरक्षण में या यों कहें कि कठोर अनुशासन में पुश्तैनी मकान में ही रही, मकान क्या था भूतहा हवेली थी। तीनमंजिला इमारत में रहने वाले तीन प्राणी सास, जेठ और कुंती।

पति बीच-बीच में आते तो कुंती का खँडहर सा मन घंटियों की रुनझुन सा आबाद हो उठता पर जल्द ही वही नीरवता वही एकाकीपन जीवन में पुनः सांय सांय करने लगता। सुना था सास के अत्याचारों, पति के बिछोह और मायके से अलगाव ने कुंती को यंत्रणा पूर्ण जीवन जीने पर विवश कर दिया। बाद में वह बताती थी कि मायके आना तो दूर उसे घर से बाहर निकलने किसी से मिलने जुलने का भी हुक्म नहीं था। धीरे-धीरे बाहरी दुनिया से कटकर वह पूरी तरह एक चारदीवारी में कैद होकर रह गई।

पति की मृत्यु भी संदेहास्पद ढंग से हुई। तीन दिन की छुट्टी पर वे घर आए थे, भाई के साथ किसी भोज में गए, लौटने पर लगातार कै करने लगे और चल बसे। दबी जबान में लोग कहते कि जायदाद के लिए बड़े भाई ने छोटे भाई को मरवा दिया और अब उसकी ब्याहता पर भी उसकी नजर थी। कुंती के पिता इतनी छानबीन में नहीं पड़े, कौन कोर्ट कचहरी के झमेले में फँसे। जाने वाला तो चला ही गया सो बेटी को बच्चों समेत लेकर लौट आए। कुंती का सूना जीवन मुँह बाए खड़ा था, घर में पिता और भाई ना तो अधिक शिक्षित थे ना सक्षम, जो उसका और उसके बच्चों का आजीवन भार वहन करते।

कहते हैं डूबते को तिनके का सहारा होता है। प्रगाढ़ तिमिरप्रच्छन्न जंगल भी जुगनू की लपलपाहट से एक बारगी रोशनी में नहा उठता है। ठीक इसी तरह कुंती के घटाटोप जीवन में चाँदी की रेखा बनकर उभरे—चाचाजी।

चाचाजी गाँव बिरादरी के एक पढ़े-लिखे व्यक्ति थे उम्र पैंतीस साल, लंबे सुडौल सुदर्शन व्यक्तित्व के स्वामी। संयोग से इसी मोहल्ले में छह महीने पूर्व आ बसे थे। सरकारी नौकरी में होने से महकमों की तंत्र व्यवस्था व कागजी कार्रवाई जानते थे। सुमन के सभी भाई बहन गाँव के नाते से उस युवा पुरुष को चाचाजी कहते उन्होंने कुंती के जीवन में देवदूत सी भूमिका निभाई, उसके पति की पॉलिसी का थोड़ा-बहुत रुपया निकलवाया, उसे टाइपिंग सिखलाई, सत्ताईस साल की कुंती को मैट्रिक की परीक्षा दिलवाई, फार्म भरवाने से लेकर किताबें उपलब्ध कराने पढ़ाने और परीक्षा दिलवाने तक का सारा काम किया।

दो वर्ष कुंती ने अपने को संयत करने, सामान्य बनाने, पढ़ने-लिखने, दफ्तरों के धक्के खाने और टाइपिंग सीखने में लगा दिए। चाचाजी की मदद से दोनों बच्चों को सरकारी स्कूल में दाखिला मिल गया। इस संघर्ष के दौर में कितनी ही बार कुंती को चाचाजी के साथ यहाँ-वहाँ जाना पड़ता था। चाचाजी के पास एक मोटरसाइकिल थी, कई बार कुंती मोटरसाइकिल पर बैठकर भी जाती। मैंने देखा पहली बार उसे मोटरसाइकिल पर बैठना भी नहीं आ रहा

था। सिर का पल्लू बार-बार खिसक जाता और नौसिखिए जैसी वह किसी तरह बैठ पाई थी।

उस दिन मोहल्ले के जितने लोग इस दृश्य को कुंती के प्रति सहानुभूति और चाचाजी के प्रति कृतज्ञता से देख रहे थे, बाद में उन्होंने ही तरह-तरह की बातें करनी शुरू कर दीं। समाज की संकीर्ण विचारधारा में दमित कुंठित के प्रति दीनता का भाव तो है, पर उसे उठाने का माद्दा नहीं है। दो वर्ष के थपेड़ों ने कुंती के निरीह और भीरू व्यक्तित्व को आत्मविश्वास प्रदान कर मजबूत बना दिया।

घर से लगभग चालीस किलोमीटर दूर शहर के बाहर उपनगरीय क्षेत्र में कुंती को एक टाइपिस्ट की नौकरी मिली। सुबह चार बजे उठकर, सारे काम निपटाकर, छह बजे की लोकल ट्रेन पकड़ना और ऑफिस पहुँचना उसकी नवीन दिनचर्या बन गई, जो सालोंसाल चली। इस बीच उसने स्टेनोग्राफी का कोर्स भी किया और किसी बेहतर कंपनी में स्टेनो हो गई।

दस वर्ष के अंदर उसने खुद को खड़ा करके दुनिया के कदम-से-कदम मिलाने योग्य बना लिया था, पर मुझे याद है निरीह विधवा कुंती के प्रति करुणा का भाव रखने वाले मोहल्लेवासी अब उसे अच्छी दृष्टि से नहीं देखते थे। उसका सुरुचि पूर्ण पहनावा, अँधेरा होने पर घर आना और कभी-कभार किसी पुरुष सहकर्मी को घर लाना अनेक अफवाहों को जन्म देता। अब वह विवश-लाचार नहीं थी, ढंग का पहनती ओढ़ती थी। उसकी बढ़ती लोगों को ना सुहाती, उसके परिवार ने उसकी एक पैसे से कभी मदद नहीं की। उसे और उसके बच्चों को सिर छुपाने के लिए निचली मंजिल पर बने कमरे में आसरा दिया, इसी का वह एहसान मानती।

एक बार आधी रात को मैंने कुंती को जोर-जोर से चिल्लाते देखा। ऊपर नीचे के किराएदार भी घर से निकलकर आँगन में आ गए। कुंती गली के एक तथाकथित सज्जन का नाम लेकर उन्हें गलिया रही थी, जिन्होंने कुछ देर पहले उसके कमरे का दरवाजा खटखटाकर उसे जगाया और कुछ आपत्तिजनक प्रस्ताव रखा था। कुंती की जलती आँखें देख वे सिर पर पैर

रखकर भाग गए। उस दिन कुंती का रौद्र रूप देखकर सब सहम गए थे। सचमुच, अब वह पहले वाली निराश्रित अबला ना थी बल्कि आँखें फाड़कर, तर्जनी दिखाकर सामने आई मुसीबत को धता बताने वाली योद्धा थी...और थी एक कर्मयोगिनी।

इन दस वर्षों में कुंती की दो बहनों और एक भाई का भी ब्याह हो गया। भाई के विवाह के बाद रहने की किल्लत हुई सो उसने शहर के सुदूर क्षेत्र में दो कमरों का एक मकान किराए पर ले लिया। इस कर्मयोगिनी से मुझे बड़ा मोह रहा है, जब भी उसके बारे में उसके घरवाले या अड़ोसी-पड़ोसी कोई बात करते, मेरे कान खड़े हो जाते। उसकी जिंदगी में क्या चल रहा है यह जानने को हमेशा आतुर रहती। कलेजे में ठंडक पड़ती जानकर कि अब बच्चे बड़े हो गए। हालाँकि कुंती का संघर्ष अभी भी जारी था। बच्चों को बड़ा करने में उसने अपनी सारी ऊर्जा झोंक दी। मोनू उर्फ मनीष को बी.ए. कराया, गीता की रुचि पढ़ाई में अधिक न थी, फिर भी पत्राचार कोर्स के माध्यम से उसे भी ग्रेजुएट बनाकर ही छोड़ा। गीता का विवाह कर दिया और मोनू ने बैंक से कर्ज लेकर एक टैक्सी खरीदी। बेटा भी माँ जैसा कर्मठ था, तीन-चार साल में अच्छा खासा ट्रांसपोर्टर बन गया।

जीवन की अर्धशती बीतते-बीतते कुंती ने एक छोटा सा मकान खड़ा कर लिया। उसके चरित्र पर युवावस्था में अनेक आरोप लगे पर ना तो उसने कभी माथे पर बिंदिया सजाई न ही किसी को हृदय में बसाया। सारे आरोपों को खारिज करते हुए अविराम तपश्चर्या जारी रखी। फिर एक ऐसी घटना घटी, जिसने उसके जीवन की कहानी को एक गाथा में बदल दिया।

कुंती के जीवन में देवदूत बनकर आए वे चाचाजी कुंती का उद्धार करने के बाद बदली होकर कानपुर चले गए। अठारह वर्षों तक अनेक शहरों में घूमकर वे पुन: दिल्ली के दफ्तर में नियुक्त हुए। कुंती को खोजकर उससे संपर्क साधा और उसकी उन्नति देखकर प्रसन्न हुए। अपना पता दिया और उससे घर आने का आग्रह किया।

रविवार को कुंती पुत्र को लेकर चाचाजी के घर गई। चाचाजी से भेंट

हुई। वह बच्चों का हाल पूछ ही रही थी कि हाथ में चाय की ट्रे लिये चाचाजी की पुत्री ने प्रवेश किया।

"अरे, यह पूर्णिमा है ना?" कहकर कुंती ने प्यार से उसे अपने पास बिठाया। पूर्णिमा का धवल मुखमंडल क्लांत और मलिन लग रहा था।

"क्या बात है, तबीयत ठीक नहीं है क्या?" कुंती के सवाल पर चाचीजी सुबकने लगीं।

"चाचीजी, आप रो क्यों रही हैं?" कुंती चिंतित हो उठी।

गंभीर स्वर में चाचाजी बोले—"पिछले वर्ष इसका विवाह किया था, किंतु तीन महीने बाद ही सड़क दुर्घटना में दामाद चल बसे।"

कुंती का कलेजा धक से रह गया। अपना जीवन एक चित्रपट के समान आँखों के सामने घूम गया। आधे घंटे तक इधर-उधर की बातें होती रहीं। प्रकट में कुंती सब सुन रही थी, पर भीतर जो कोलाहल मचा था उसे भी अनसुना ना कर पाई। विचारों के सागर में डूबते-उतराते एक निर्णय लिया और उठ खड़ी हुई।

"चाचाजी, मैं पूर्णिमा को अपनी बहू बनाना चाहती हूँ।"

कुंती की वाणी ने कमरे में मौजूद चारों प्राणियों को स्तब्ध कर दिया।

"मोनू! तुझे कोई आपत्ति तो नहीं?" पुत्र की ओर मुखातिब होकर माँ ने पूछा। उसका दिल जोरो से धड़कने लगा।

"कहीं मोनू ने प्रस्ताव अस्वीकार कर दिया...यह मैंने क्या किया...जवान लड़का है, उसके भी अरमान हैं, कहीं उसकी कोई अपनी पसंद हुई तो... आज्ञाकारी है तो क्या...आखिर उसे भी सोचने का वक्त देना चाहिए था; नहीं-नहीं...यह ठीक नहीं हुआ...मुझे इतना अधीर नहीं होना चाहिए था"—कुंती खुद को कोसने लगी।

"पर चाचाजी के एहसान...वो उपकार...वो नेकी" मन जिरह करने लगा। आज कुंती के दिए गए संस्कारों की परीक्षा थी।

"बोल मोनू! पूर्णिमा को अपनी जीवनसंगिनी बनाएगा?" कुंती के होंठ थरथरा रहे थे। कातर दृष्टि से उसने मोनू की ओर देखा। मोनू ने स्वीकृति दे

दी, अंततः उसकी परवरिश जीत गई थी।

चाचाजी की आँखों में आँसू थे, अस्फुट स्वर में बोले—" कुंती! तुम... ?"

"बस चाचाजी! आज आप कुछ ना कहें, भगवान् ने आपका ऋण चुकाने का मौका दिया है।"

कुंती मोनू की शादी का कार्ड देने हवेली आई थी। वह सारी घटना दमयंती को सुनाए बिना न रह सकी। कहते कहते उसका गला रुंध गया, मरुस्थल सी आँखें बरसों बाद पुनः सजल हो उठीं। कश्मीरन की आँखें भी भीग गईं। वे दोनों नहीं जानती थीं उनके साथ-साथ मेरी पत्थर की आत्मा भी पसीज उठी थी।

रात को जब सारी दुनिया नींद की नगरी में चली गई, मैंने पीपल के कानों में फुसफुसाकर उसे जगाया।

"मीता! उठो...सुनो, तुम्हें एक बात सुनानी है।"...और फिर कुंती की सारी कथा अपने हमजोली को सुना दी। सुनकर पीपल द्रवित हो उठा, जड़ से लेकर टहनियों तक भीग गया। मेरा जी भी कुछ हल्का हुआ।

□

12

कुंती और प्रवीण के हवेली से जाने के बाद सबसे छोटे भाई का भी विवाह हो गया। अब किराए का घर छोटा पड़ने लगा। कमलकांत ने मौके का फायदा उठाकर प्रवीण के पिता सुरेशचंद को 40,000 रुपए की पेशकश की। वह लालचंद का सबसे बड़ा ताबेदार था। उसके जाने के बाद लालचंद, जो कमलकांत के लिए सबसे बड़ा सरदर्द था, कमजोर पड़ जाता। निजी हालात को देखते हुए सुरेशचंद ने मकान मालिक का प्रस्ताव मंजूर कर लिया और हवेली छोड़ने की एवज में मिले रुपयों से दूर-दराज के इलाके में अपने रहने का जुगाड़ कर लिया।

सुरेशचंद के जाने के बाद दो-तीन और किराएदार हवेली से कूच कर गए। सबको कमलकांत ने रुपए देकर निकाला, पर उनमें एक अपवाद भी था। वह था-चंद्रकांत जो मकान मालिक से एक पैसा लिये बिना हवेली छोड़ गया। किराएदारों से छुटकारा पाने की चाह रखने वाले कमलकांत को हालाँकि उसके जाने का दुःख था, वह कमलकांत का बायाँ हाथ जो था। उनका दाहिना हाथ तो उनका साहस और हौंसला था। जिसके बल पर उन्होंने परदेस में भी अपने पैरों को टिकाए रखा। कमलकांत सभ्य खानदानी और रसूखदार व्यक्ति थे। दिल्ली आकर उन्होंने मेवों का व्यापार शुरू किया और परदेस में आकर पैसों के साथ-साथ इज्जत भी कमाई, लेकिन हवेली लंबे समय तक उनके लिए सरदर्द बनी रही।

लालचंद की सरपरस्ती में किराएदारों ने मकान मालिक के खिलाफ

मोर्चाबंदी की हुई थी। आए दिन किसी-न-किसी बात पर झगड़े की भूमिका बनती। गाली गलौज के साथ कभी-कभार मारपीट की नौबत आ जाती। ऐसे में कमलकांत का साथ देने वाला इकलौता किराएदार चंद्रकांत ही था, इसलिए बड़े बेटे के विवाह के बाद स्वेच्छा से उसका सपरिवार हवेली छोड़कर जाना कमलकांत को बहुत खला।

हवेली नंबर 1162 के लिए कमलकांत ने किराएदारों के साथ दर्जनों मुकद्दमे लड़े। नौ किराएदारों में किसी का किराया दस आने महीना था तो किसी का सवा रुपया। इसे देने में भी वे कोताही करते। कई-कई सालों तक यह किराया बकाया रहता। यों भी बकाया राशि का भुगतान लालचंद और सुरेशचंद जैसों के लिए तौहीन थी। उनकी देखा-देखी उनके पिट्ठू छोटी औकात वाले अन्य किराएदार भी अकड़ दिखाते। यही कारण था कि कमलकांत उनसे पीछा छुड़ाना चाहते थे। चंद्रकांत के रहते सुरेशचंद व अन्य दो किराएदार विदा हो चुके थे। चंद्रकांत के जाने के बाद चार और किराएदारों को निकालने में कमलकांत सफल हुए। अब मकान में सिर्फ लालचंद का परिवार और निचली मंजिल पर सुहागी का बेटा किराएदार के रूप में बचे थे। सुहागी सालों पहले मर चुकी थी। उसका छोटा बेटा भोपा निरापद किराएदार था, जो अपनी पत्नी और दो बच्चों के साथ अभी भी हवेली में टिका हुआ था।

चंद्रकांत के जाने के चार-पाँच सालों बाद कमलकांत के नाम एक पोस्ट कार्ड आया, जिसका फटा हुआ कोना देखते ही दिल धक-धक करने लगा। चार लाइन में चंद्रकांत की पत्नी मालती के जाने की मनहूस खबर थी। सुनकर दमयंती का सीना चाक-चाक हो गया। कमलकांत के लिए भी इस दुःखद समाचार पर विश्वास करना कठिन था,...खबर सुनकर मेरा भी दिल धक से रह गया। उम्र तो कोई ज्यादा नहीं थी, किसी बीमारी की बात भी नहीं सुनी, फिर अचानक क्या हुआ!

कुछ साल पहले तक तो हर दिन वह दिखती थी। कमलकांत के घर की बैठक में अभी भी उसके पैरों के अदृश्य निशान मौजूद हैं। जब से चंद्रकांत हवेली छोड़कर गया उसके परिवार से कभी मेल मिलाप नहीं हुआ। बीच-

बीच में उड़ती खबर मिली थी कि उसने छत्तीस गज का प्लॉट खरीदकर एक छोटा सा मकान बना लिया है। मकान क्या दड़बा होगा पर दमयंती को सुनकर अच्छा लगा था। बीसियों साल तो इस परिवार ने आग सी तपती टीन की बरसाती में काट दिए। कम-से-कम सिर पर पक्की छत तो हो गई। पर बेचारी मालती! अपने भाग में सुख-सुविधा लिखवाकर नहीं लाई थी। चार महीने पहले दूसरे बेटे का ब्याह पक्का किया, सगाई हुई। अगले महीने शादी थी कि यह दुर्घटना घट गई। गुसलखाने में फिसलकर ऐसी गिरी कि फिर उठ नहीं पाई।

पोस्टकार्ड में लिखा था आते शुक्रवार को तेरहवीं की रस्म अदा की जाएगी। इस औपचारिक सूचना के बाद अंत में एक पंक्ति जोड़ी गई थी, जो दमयंती और कमलकांत को कुछ अजीब लगी। लिखा था तेरहवीं के दिन बेटे सोनू को जरूर लेकर आएँ।

तेरहवीं पर दस साल के सोनू को बुलाने का आग्रह एक पहेली जैसा था। शादी-ब्याह, पर्व-त्योहार बच्चों और जवान लोगों के बिना नहीं शोभते पर मातमी मौकों पर बच्चों का क्या काम! घर के बड़े-बूढ़े ही ऐसी रस्मों को निभाते हैं। कोई उत्सव तो है नहीं, सोनू जाकर क्या करेगा। एक शहर में होने के बावजूद संदेशा चिट्ठी में आया है, कोई हरकारा बनकर आता तो कुछ पूछते भी। पर ठीक ही है इतना बड़ा शहर...दूर से आने-जाने में घंटों लग जाते हैं, फिर जिस घर में मुर्दनी छाई हो वहाँ हजारों काम होते हैं, किसको फुरसत जो घर-घर जाकर खबर पहुँचाए। आज की तरह मोबाइल का जमाना तो था नहीं, लैंडलाइन भी सबके घर में नहीं होता था, ऐसे में बीसियों पते देकर एक आदमी को बिठा दिया एक सा मजमून लिखने के लिए और कर दी सबको खबर। दूरदराज खबर करनी हो तो तार भेजी जाती थी।

कमलकांत और दमयंती असमंजस में थे कि मौत के कारज में सोनू को क्यों बुलाया है। बहरहाल खुशी के मौके पर कोई जाए ना जाए मरने पर तो दुश्मन के यहाँ भी हाजिरी देना दुनियादारी है। फिर चंद्रकांत का परिवार इतना भी गैर नहीं, जाना तो होगा ही...कश्मीरन का मालती से नेह का नाता था।

आखिर मालती की तेरहवीं में कमलकांत पत्नी और बेटे को लेकर दिए गए पते पर पहुँचे। बड़ा गमगीन माहौल था, उन्हें देखते ही चंद्रकांत भावुक होकर सुबक पड़ा।

"हौसला रखो चंद्रकांत! विधि के विधान को कौन टाल सका है।" कमलकांत ने आत्मीयता से उसके कंधे पर हाथ रखा। पास पड़ी कुरसी खींचकर वे आगंतुक जनों के बीच बैठ गए। दमयंती भीतर वाले कमरे में चली गई, जहाँ अड़ोस पड़ोस रिश्तेदारी की पंद्रह बीस औरतें बैठी थीं। उसे देख मालती की दोनों बेटियाँ आकर लिपट गई और बुआजी कहकर फफक पड़ीं। दमयंती की आँखें भी सजल हो उठीं। बिन माँ की हो गई बेटियों की पीठ सहलाते हुए दमयंती उन्हें सांत्वना देने लगी।

घर के अहाते में श्राद्ध संबंधी कर्मकांड शुरू हो गया था। सोनू का कोई हमउम्र वहाँ नहीं था। मालती की बेटियों को रोता देख वह सहम गया। दमयंती ने उसे खींचकर देह से सटा लिया। मातमी माहौल में पहली बार गया बालक माँ से ऐसे चिपक गया, जैसे नन्हा चूजा चिड़िया के डैनों में मुँह छुपा लेता है, अपरिचित माहौल में सकपकाकर वह इधर-उधर ताक रहा था। कुछ देर बाद माँ का पल्लू सर पर ओढ़कर गोद में घुस गया।

यहाँ कोई दमयंती का परिचित नहीं था, जिससे बोल बतिया सके। अनायास वह सुधियों में घिर गई। चंद्रकांत के परिवार के साथ गुजरे दिन माला में मनकों की तरह गुँथ गए, एक एक मनके को गिन सकती थी वह। यादें कतार बांधकर खड़ी हो गईं और वो स्मृतियों का खुद से परिचय कराने लगी बिल्कुल एक कथा वाचक की तरह। स्वयं से मौन एकालाप उसके शोकाकुल मन को सुकून दे रहा था।

कैसा विचित्र था ना यह परिवार! जिसके सात सदस्य एक हवेली की चौथी मंजिल की छत पर बने दो में से एक कमरे यानी बरसाती में करीब बारह साल तक रहे। दूसरी बरसाती मकान मालिक गेस्ट रूम की तरह इस्तेमाल करते थे। शौच के लिए इस परिवार को मकान की सबसे निचली मंजिल पर आना पड़ता था और पानी भरने के लिए पहली मंजिल पर रहने

वाले मकान मालिक के घर क्योंकि छत पर पानी की कोई व्यवस्था नहीं थी। बरसाती का कोना पीतल के छोटे से स्टोव, मसालदानी के अलावा आटे चावल के एक पर एक रखे अद्धे कनस्तर, दो चार डिब्बे डिब्बी, और दस बीस बरतनों से यों पटा पड़ा था जैसे घुसपैठियों ने किसी की जमीन पर नाजायज कब्जा कर रखा हो। दूसरे कोने में खुरदरे फर्श पर दीवार के पार एक छेद बना था, जिसका इस्तेमाल बहुधा माँ बेटियों के नहाने के बाद पानी की निकासी के लिए होता। घर के पुरुष यानी बाप बेटे खुली छत पर ही नहाते। कुल मिलाकर यह छोटी सी बरसाती खाने नहाने और सोने के काम आती। गृहिणी जाड़े या सूखे मौसम में छत के बाहर एक कोने में ही अँगीठी जलाकर भोजन पकाती। पर बारिश होने पर रसोई भी बंदरिया के बच्चे सी बरसाती के सीने में सिमट जाती।

घर के पिता जवानी में निश्चित रूप से अपने नाम के अनुरूप खूबसूरत नौजवान रहे होंगे, आज भी खिचड़ी बालों में उनके चेहरे पर एक सलोना आकर्षण था, पर पत्नी इसके उलट बेढब और बेमेल थी।

ताज्जुब होता है उन दिनों की जोड़ियों पर, कैसे माँ बाप अपने दुग्ध धवल सुदर्शन बेटे का ब्याह बेडौल कुरूप कन्या से कर देते थे। दोनों साथ चलें तो लगे मानो चंद्रमा को ग्रहण लग गया हो। पर मजाल है पति के मन में पत्नी के प्रति किसी तरह की वितृष्णा या उदासीनता उपजे। कौन जाने उपजती भी होगी तो जमाने को खबर नहीं लगती थी। दुनिया तो यही देखती थी कि साल-दर-साल वंश वृद्धि हो रही है, यानी प्रेम की लीक पर घूम रहा है दांपत्य का चक्का। जाहिरी तौर पर यही तो था शादी का मकसद।

ऐसा ही इस दंपति के साथ भी था। पहला बेटा दूसरी बेटी तीसरा बेटा चौथी बेटी और पाँचवीं संतान फिर से बेटा। दिखने में एक भरा पूरा परिवार, धनी होने का तो सवाल ही नहीं उठता पर दरिद्र कहना भी बेमानी होगा। मेहनती पिता घर से थोड़ी दूर गली के दूसरे नुक्कड़ पर छोटी सी दर्जी की दुकान चलाता और सब बच्चे स्कूल कॉलेज में पढ़ने जाते। हाँ, उस जमाने में अंग्रेजी स्कूल में पढ़ाने का कोई प्रचलन नहीं था, बस सरकारी स्कूल में

दाखिला करा दिया और हो गया गाड़ी का इंजन चालू...अब गाड़ी चलती जा रही है अपनी रफ्तार से, ना पढ़ाई के लिए कोई दबाब, न कोई होमवर्क प्रोजेक्ट कराने वाला, ना क्लास में फर्स्ट आने की चिंता, ना किसी फुफेरे चचेरे भाई बहन से मुकाबला। लड़के स्कूल से निकले तो किसी संगी साथी के साथ खुद ही जाकर कॉलेज में एडमिशन ले लिया, जहाँ बमुश्किल सोलह रुपए मासिक फीस हुआ करती। लड़कियों के एडमिशन की जिम्मेदारी अमूमन बड़ा भाई या कोई अड़ोस-पड़ोस का मुँह बोला भाई निभा देता था।

खैर, जहाँ पिता चंद्रकांत अपने नाम को चरितार्थ करते रंग रूप का सुदर्शन व्यक्ति था। वहाँ पत्नी मालती-अपने नाम के उलट कोमलता से कोसों दूर थी। खुशबू का तो नामोनिशान नही, ऊपर से मोटी थुलथुल देह पर हंडिया जैसा सिर...माथे के नीचे दोनों आँखों में तालमेल की कुछ कमी से भैंगापन यानी कहीं पे निगाहें कहीं पे निशाना। नाक के तनिक फूले हुए नथुने चेहरे को कठोर भंगिमा प्रदान करते। गेहुँए रंग पर कहीं-कहीं बचपन में निकली माता के हल्के दाग। मालती के चेहरे पर सबसे बेडौल थे उसके होंठ-बेढब चौड़े और लालिमा विहीन। हँसती तो मुँह एक फाटक की तरह खुल जाता चाहे तो कोई दाँत गिन ले। कहते हैं साधारण रूप रंग वाली स्त्री भी मुसकराए तो उसका रूप खिल उठता है, पर यहाँ उलटी बात थी, उसकी मुसकराहट उसकी हँसी से भी ज्यादा विद्रूप थी। अति साधारण नाक नक्शे वाली मालती जब मुसकराती तो उसकी नाक फूल जाती और होंठ थूथन के से आकार में फड़कने लगते। मोहल्ले के शरारती बच्चों के खुराफाती दिमाग ने मालती के लिए एक नए नाम की रचना कर डाली-सुअरी। अब पीठ पीछे उसे सुअरी कहना शुरू कर दिया।

बेचारी मालती के बारे में कहे जाने वाले जुमलों को मैं चुपचाप सुनती। एक दिन सारा परिवार बरसाती के दरवाजे पर ताला मारकर कहीं गया था। बच्चों की टोली के एक उद्दंड लड़के ने बरसाती की बाहरी दीवार पर कोयले से एक सूअर की तसवीर बना दी। ताला खोलते हुए सबसे पहले चंद्रकांत की निगाह उस पर पड़ी, सबकी नजर बचाकर उसने पास पड़े झाडन से काली

लकीरों को मिटा दिया, फिर कनखियों से मालती की ओर देखा, जो इस वाहियात हुज्जत से नावाकिफ थी। उसे पत्नी पर दया हो आई, वह जैसी भी है उसकी संगिनी है, उसके बच्चों की माँ इस घर की धुरी। उसकी जगह कोई रूप की रंभा होती पर दुष्ट और झगड़ालू, आलसी और निकम्मी तो कितना विकट होता जीवन! मालती के गुणों का सोचकर वह अपने क्षुब्ध मन पर मरहम लगाने लगा। पर मोहल्ले के बच्चे इतने उत्पाती थे कि कभी मालती को देख सुअरी-सुअरी का नारा लगाकर खीसें निपोरते तो कभी जोर-जोर से खर्राटे भरते हुए सूअर की आवाज निकालते।

कानोंकान यह नाम मोहल्ले भर में प्रचलित हो गया। शुरू-शुरू में बड़े बुजुर्गों ने बच्चों को लताड़ा पर धीरे-धीरे लोग उसका असली नाम भूलने लगे और जरूरत पड़ने पर पीठ पीछे निकनेम की तरह सुअरी कहकर उसकी चर्चा करने लगे। जल्द ही उसके बच्चों को भी अपनी माँ के नामकरण का आभास हो गया। पर बड़े बेटे को छोड़कर बाकी इसका अर्थ समझने के लिए काफी छोटे थे। बड़ा बेटा मुश्तें कसकर बदमाश छोकरों से भिड़ने को तैयार हो जाता तो चंद्रकांत उसे पीछे से बाहों में कसकर रोक लेता।

"अरे भौंकने दे मरों को...तू काहे को फनफना रहा है, जब मुझे कोई फरक ना पड़े है तो बेटा, तू काहे को अपना खून जलावे है।" मालती सहज भाव से कहती, उसे भी अब तक अपने नामकरण का पता चल चुका था। माँ की बात सुनकर जवान होता बेटा खून का घूँट पीकर रह जाता।

यों तो भगवान् विष्णु ने राक्षस हिरण्याक्ष द्वारा समुद्र में डुबोई गई पृथ्वी को बचाने के लिए वराह अवतार लिया और हिरण्याक्ष का वध करके उसका उद्धार किया। वराह अवतार को पूजनीय माना जाता है, जिसने अपनी थूथन पर उठाकर डूबती पृथ्वी को समुद्र से निकाला था, किंतु प्राणी शास्त्र में इस थूथन वाले जीव को सूअर नाम से जाना जाता है, जिसे सुनते ही सबका मन जुगुप्सा से भर उठता है। कीचड़ में लोटने वाले, विष्ठा जैसे निकृष्ट पदार्थों को खाने वाले इस प्राणी को बहुत हठी और बेवकूफ माना जाता है, जो प्रायः अपने चरबीले शरीर के कारण काहिल और सुस्त हो जाते हैं। इस मोहल्ले

के बच्चों को विष्णु के दशावतार वाले वराह की जानकारी कहाँ थी, उन्होंने तो आस-पास के नालों में रहने वाले शूकर परिवार को देखकर उनकी थूथन को मालती पर आरोपित कर दिया। जबकि मालती थी प्राणी विज्ञान में वर्णित सुअरी के स्वभाव से बिल्कुल विपरीत-बेहद मेहनतकश फुर्तीली समझदार और ममतामयी।

चंद्रकांत ठीक-ठाक अपनी गृहस्थी की गाड़ी खींच रहा था। मकान मालिक कमलकांत का उस पर भरोसा ही नहीं बड़ा स्नेह भी था। चंद्रकांत शांतिप्रिय हंसमुख आदमी था, पर एक दिक्कत थी दो बच्चों के पिता कमलकांत की खुद से पंद्रह साल छोटी पत्नी संयोग से अपूर्व सुंदरी थी। नए-नए हवेली में आए तो उन्हें चिंता सताने लगी कहीं चंद्रकांत उनकी पत्नी की कंचन रूपराशि पर मोहित होकर बुरी नजर ना डाले। सो एक उपाय निकाला पत्नी से चंद्रकांत को राखी बँधवा दी और निश्चिंत हो गए। चंद्रकांत के बच्चे दमयंती को 'बुआ जी' 'बुआजी' कहने लगे, कमलकांत के बच्चे भी चंद्रकांत के बच्चों के साथ घुल-मिलकर बातें करते। चंद्रकांत के बेटे बेटियाँ बारी-बारी पहली मंजिल पर लगे नल से पानी भरने आते। दिन भर में बीस बालटी से कम नहीं ले जाते, पानी भरने के क्रम में दमयंती की बेटियों कस्तूरी और मानसी से गपियाते, गफलत में कभी-कभी नल बंद करना भूल जाते और पानी बहने लगता। कमलकांत देखते तो झिड़क बैठते, किंतु दमयंती के माथे पर कभी शिकन न आई।

कई बार धनाढ्य मकान मालिक के बच्चे स्वादिष्ट मिठाई या फल खा रहे होते, दमयंती पानी भरने आए चंद्रकांत के बच्चों को हाथ बढ़ा कर कुछ देती तो बच्चे तपाक से हाथ खींच लेते-नहीं बुआजी, हम खाकर आए हैं। इतने बरसों में एक बार भी ऐसा नहीं हुआ कि उन बच्चों ने हाथ बढ़ाकर दमयंती के अनुरोध किए जाने पर भी कोई चीज स्वीकारी हो,जबकि वे उम्र के उस दौर में थे, जब खाने-पीने की चीजें देखकर अच्छे-अच्छे खाए अघाए किशोरों की भी जिह्वा सक्रिय हो उठे पर इन बच्चों की आत्मा न जाने किस मिट्टी की बनी थी, मानो इनसानी चोले में निष्काम कर्मयोगी थे

या कोई विदेहमुक्त प्राणी। जबकि सच यह है कि ना उनकी रोटी में कभी घी लगा न कोई तर माल खाया। इधर कमलकांत के घर में बहुधा छप्पन भोग का थाल सजा रहता, दूध-दही की नदियाँ बहतीं, फलों का अंबार लगा रहता।

सबसे मजे की बात यह थी कि दमयंती का चार बरस का बेटा सोनू जब सरपट दौड़ने लायक हो गया तो झटपट सीढ़ियाँ चढ़कर छत पर पहुँच जाता, उसके साथ लालचंद के चार-पाँच बरस के दो पोते भी एक के पीछे एक चंद्रकांत की बरसाती में पहुँच जाते। कुछ देर बाद खोजाहट होती तो ढूँढ़ने वाले को अलग ही नजारा दिखाई पड़ता। तीनों बच्चे चंद्रकांत की बरसाती के बाहर छत पर एक कतार में बैठे हैं उनके नीचे कोई फटी-पुरानी दरी या किसी बोरी का टुकड़ा बिछा है, सामने चंद्रकांत की पत्नी मालती अँगीठी पर रोटियाँ सेंक रही है और हर रोटी के तीन टुकड़े करके एक कुशल गेंदबाज की तरह बच्चों की ओर एक एक टुकड़ा उछाल दे रही है। अपने घर में चाँदी के कटोरे में दूध मलाई खाने वाला कमलकांत का इकलौता पुत्र संपन्न लालचंद के पोतों के साथ बड़ी लालसा से पंगत में बैठा है। बच्चों के आगे थाली नहीं है किसी के आगे टेढ़ी-मेढ़ी तश्तरी है तो किसी के आगे डिब्बे या कनस्तर का ढक्कन या कोई पचकी कटोरी। मालती ने आज आलू की तरकारी बनाई है, जो तरकारी कम शोरबा ज्यादा है, सात प्राणियों के कुनबे के लिए बनी आधा पतीला सब्जी में से एक-एक दाना आलू का बच्चों को परोसा गया है। सब्जी का रस फैल गया है, उसी में रोटी का टुकड़ा बच्चों के मुँह में जाने से पहले ही भीग गया है। पर तीनों बच्चे ऐसे भोग लगा रहे हैं, जैसे ब्रह्मा-विष्णु-महेश को इंद्र की सभा में जीमने का न्योता मिला हो और वे त्रिभुवन का सबसे स्वादिष्ट अमृत चख रहे हैं।

एक दिलचस्प बात और थी जहाँ चंद्रकांत के सारे बच्चे दमयंती को 'बुआजी' कहकर संबोधित करते वहाँ दमयंती का बेटा मालती को 'भाभी' कहता। यह विचित्र संबोधन उसने चंद्रकांत के बच्चों से सीखा। जब चंद्रकांत का सबसे बड़ा बेटा जन्मा तो चंद्रकांत का छोटा भाई उसी बरसाती में दो-चार

साल साथ रहा। देवर होने के कारण वह मालती को भाभी पुकारता। चाचा की देखा-देखी मालती का पुत्र हेमंत भी माँ को भाभी पुकारने लगा। फिर क्या था उसकी पीठ पीछे जन्मे भाई बहन उसकी देखा-देखी माँ को भाभी कहने लगे, कमलकांत का बेटा सोनू भी इसी रीस में मालती को भाभी पुकारता। चार बेटियों के बाद जनमे सोनू को कमलकांत बड़े मनुहार से गोद में बिठाते और काँसे के चमचमाते कटोरे में खीर या हलवा लेकर खिलाने का उपक्रम करते। चम्मच मुँह तक आने से पहले सोनू अपने गुलाबी होंठों को कसकर बंद कर देता और छोटी सी नाक को सिकोड़कर मुँह बिचका देता।

"नहीं,नहीं...नहीं खाऊँगा! भाभी ने खिला दी रोटी" या कहता—"खिला दिया आलू भात...!"

कमलकांत मन मसोसकर रह जाते। बेटे को तृप्त करने के आनंद से वंचित उनके मुख से अनायास निकलता—

"मालती की दरिद्र कुटिया में कौन से हीरे मोती जड़े हैं, जो मेरा लाडला उधर दौड़ा चला जाता है?"

एक दिन बेख्याली में कही गई बात मालती के कानों में पड़ गई। वह तुनककर बोली—

"ननदोईजी, रखो अपने महल दुमहले...इसे ना चाहिए तुम्हारी दूध मलाई, यह तो मेरी मड़ैया में ही आएगा मैंने शहद जो चटाया है।"

दमयंती को वह अपनी ननद मानती इस नाते रौब दाब वाले कमलकांत से भी सलहज वाली चुहल करने से बाज न आती। सोनू के जन्म पर वही उसे अपनी गोद में लेकर दमयंती के साथ हॉस्पिटल से लौटी थी। उसी ने दो दिन के शिशु को शहद चटाने की रस्म निभाई थी। यह देख जचगी में मुरझा गई दमयंती ने तकिए के नीचे से एक चाँदी का सिक्का निकाला था और मुसकराकर—"यह लीजिए आपका नेग" कहते हुए मालती की ओर बढ़ा दिया। मालती हाथ उठाकर ना-ना करती हुई पीछे हट गई पर दमयंती ने जबरन सिक्का मालती की मुट्ठी में खोंस दिया। जिसे पिछले कल ही उसने पति से मँगाकर रख लिया था।

दमयंती चंद्रकांत के परिवार के प्रति बेहद दयालु और उदार थी। मई-जून की तपती लू में टीन की छत वाली बरसाती अग्निकुंड बन जाती। बच्चे स्कूल कॉलेज चले जाते और चंद्रकांत दुकान पर। मालती जल्दी-से-जल्दी खाना पकाकर चूल्हा ठंडा कर देती और ग्यारह बजते-बजते कमलकांत की बैठक में आ धमकती। तब तक कमलकांत भी अपने काम पर निकल चुके होते। पंखे की ठंडी हवा में पसरी मालती को देख अपने कामों में व्यस्त दमयंती को जरा भी बुरा न लगता। दोपहर में बच्चों के स्कूल से लौट आने तक लगभग तीन घंटे मालती वहीं गुजारती। यह सिलसिला साल-दर-साल चलता रहा। सबसे खास बात यह थी कि कुछ खाना तो दूर मालती ने इस दौरान कमलकांत के घर से कभी एक गिलास पानी भी नहीं पीया। जैसी निर्लोभी माँ वैसे ही संतोषी बच्चे। हाँ, दिवाली होली और करवा चौथ जैसे पर्व त्योहार और श्राद्धों के मौकों पर दमयंती थाली भर-भर पुआ पकवान बरसाती में जरूर भिजवाती। जेब भले ही खाली हो, पर मालती में खुद्दारी की कमी नहीं थी। वह भी समय-समय पर अपनी सुदामा की पोटली खोलती रहती। कभी सरसों चने का साग तो कभी कढ़ी का कटोरा, कभी शीशी भर नींबू का अचार तो कभी गाँव से आए दो चार गन्ने या खरबूजे भिजवाना ना भूलती। दोनों का नेह देखकर मेरा मन भी भीग उठता।

आज एक-एक कर उसकी यादें दमयंती की आँखों में तैर गईं। अपनी पनीली आँखों से उसने कमरे में चारों ओर देखा, मालती कहीं नहीं थी बस एक दीया खामोशी से कोने में जल रहा था, उसकी टिमटिमाती लौ में दमयंती मालती का अक्स ढूँढ़ रही थी।

बाहर पिंडदान, तर्पण, गौ-दान, शैया-दान आदि श्राद्ध के सभी काम संपन्न हो चुके थे। मृतक की आत्मा की शांति के लिए दान में मिली वस्तुएँ ब्राह्मण समेट रहा था। तेरह ब्राह्मणों को भोजन कराने की व्यवस्था की जाने लगी। आमने-सामने दो दरियाँ मोड़कर बिछा दी गई, जहाँ बैठकर पंगत में ब्रह्मभोज होना था। तेरह ब्राह्मण दरियों पर विराजमान हो गए, पत्तलें बिछ गईं, मिट्टी के सकोरों में पानी लगा दिया गया। दोनों पंगतों के बीचोबीच सामने

की ओर एक आसन बिछा था, जिसके आगे पीतल की चमचमाती थाली कटोरी और गिलास रखा था। ब्राह्मणों के साथ साथ देखने वालों को भी कौतूहल था कि यह आसन अलग से क्यों बिछा है, कौन वहाँ बैठकर भोजन करने वाला है। इस बीच खाने की सारी सामग्री पूड़ी-कचौड़ी, सब्जी, रायता, बूँदी परोस दी गई थी। ब्राह्मणों ने जल का आचमन लेकर पत्तल के चारों ओर हाथ घुमा दिया और भोजन का कौर तोड़ने ही जा रहे थे कि चंद्रकांत का स्वर सुनाई दिया—

"ब्राह्मण देवता, तनिक ठहरिए! "

सोनू की कलाई को अपने हाथ में थामे वे उस आसन तक लाए और उसे भोजन की थाल पर बिठा दिया। ब्राह्मणों की भवें तन गईं।

"यजमान! यह कौन सी नई परंपरा है...मृत्यु भोज में बालक का क्या काम ? क्या तुम नहीं चाहते मृतक की आत्मा को शांति मिले, वह तृप्त हो।"

"हाँ महाराज, उसकी आत्मा की शांति के लिए ही यह कर रहा हूँ" चंद्रकांत हाथ जोड़कर विनीत मुद्रा में खड़े हो गए। आँखों में आँसू भरकर बोले—

"इस बाल गोपाल को टूटी-फूटी तश्तरी में रुखा सूखा खिलाकर ही संतोष कर जाती थी वो, आज थाली कटोरी गिलास में इसे पूड़ी पकवान खाता देख कितनी खुश होगी।"

आकाश की ओर हाथ उठाकर चंद्रकांत ने कंधे पर रखे गमछे से अपनी आँखें पोंछ ली।

" ...और सोनू बेटा यह थाली कटोरी गिलास तुम लेते जाना इस पर मैंने तुम्हारा नाम खुदवाया है, तुम्हारी भाभी की सौगात है यह।" उनकी भर्राती आवाज में उल्लास छलक आया।

"भाभी...कौन सी भाभी ?" सोनू मासूमियत से पूछ बैठा। तीन चार साल की उम्र की यादें उसके दिमाग में धुँधली हो चली थीं।

चंद्रकांत ने इधर-उधर नजर घुमाई फिर झुककर उसके कानों में फुसफुसाए—

"अरे, तेरी सुअरी भाभी "

सोनू अभी भी असमंजस में था। कुछ सोचते हुए वह खाने के लिए बैठ गया।

दमयंती की आँखें छलक पड़ी, उसने कनखियों से देखा दाईं ओर खड़े कमलकांत की आँखें भी पनिया गई थीं।

साँझ ढले कमल कांत सोनू और कश्मीरन के साथ हवेली लौटे। मैं सुबह से दोनों की राह देख रही थी मालती की तेरहवीं की बातें सुनने को कान तरस रहे थे। कमलकांत और दमयंती मालती की मौत और चंद्रकांत के दु:ख से बेचैन थे। देर रात तक दोनों मालती की बातें करते रहे। मैं चौकन्नी होकर तब तक सुनती रही, जब तक दोनों सो नहीं गए। फिर सुनी हुई सारी बातें आदतन हमजोली पीपल को सुनाने बैठ गई। भोर की किरण फूटने तक मालती हमारी यादों में टहलती रही।

□

13

कमलकांत के घर के भी कई किस्से याद आ रहे हैं। सबसे ज्यादा हेमचंद्र स्मृतियों में धँसा बैठा है।

कमलकांत के चचेरे भाई का बेटा था हेमचंद्र, जिसे पढ़ाने के लिए उन्होंने दिल्ली बुला लिया था। हेमचंद्र के तीन और भाई थे। कमलकांत को भतीजे से अनन्य प्रेम था। अपना कोई पुत्र न होने से वे हेमचंद्र को कानूनन अपना वारिस बनाना चाहते थे। आखिर बेटियों से तो वंश चलता नहीं पर चचेरा भाई घाघ और निर्दयी किस्म का जीव था। शहर में बसे कमलकांत की प्रगति से उसे ईर्ष्या थी, कमलकांत के इसरार करने पर हेमू को भेज तो दिया, पर बस पढ़ाने-लिखाने के लिए, गोद देने की बात से वो साफ मुकर गया।

हेमचंद्र पढ़ने-लिखने में कुछ खास रुचि नहीं रखता था। सो किसी तरह मैट्रिक पास करके इंटर में दाखिला लिया, किंतु फेल हो गया। किसी परिचित के यहाँ काम धंधे पर लगा दिया, पर उसका मन ना लगा। अपना काम करने की धुन सवार हुई, चाचा ने ना चाहते हुए भी उसकी जिद पर एक दुकान खोल दी, लेकिन दो ही साल में जबरदस्त घाटा होने की वजह से दुकान बंद करनी पड़ी। कमलकांत खुद एक कुशल व्यापारी थे, व्यापार की नीति अनीति से बखूबी वाकिफ, किंतु हेमचंद्र ठहरा निपट सरल और उदार। कमलकांत प्रायः सीख देते-चालाकी चतुराई से ही व्यापार होता है, लक्ष्मी अर्जित करना कोई हँसी ठठा नहीं...बड़ी जुगत भिड़ानी पड़ती है अटकलें लगानी पड़ती हैं... उड़ते पंछी के पर पहचानोगे तभी व्यापार में टिकोगे नहीं तो ठन-ठन गोपाल...

हेमचंद्र को न ये बातें समझ आनी थीं ना आईं। जो कुछ समझ आईं भी उन्हें अमल न कर पाया। हारकर कमलकांत ने उसे अपनी दुकान पर ही लगा दिया। शहर के भीतर और बाहर भेजे जाने वाले माल की नापतोल, पैकेट बँधवाना, बिल्टी तैयार करवाना, अकाउंट आदि का काम देखना उसके जिम्मे था। दुकान पर तीन-चार नौकर थे उनसे काम लेना ही उसका काम था। पर कहते हैं ना शासन भी राजा ही कर सकता है। हेमचंद्र ना किसी पर हुकुम चला सकता था, ना उनके काम की कड़ी निगरानी कर सकता था। वह तो उनके साथ घुल-मिलकर हँसी ठठा और गप्पबाजी करता। कारिंदे भी उसे मालिक का दर्जा कम देते, कामकाज में लापरवाही करते। सो आए दिन हेमचंद्र चाचाजी से डाँट खाता। रोज रोज की फटकार से उसका जी उचटने लगा। काम के प्रति उदासीनता बढ़ती गई। अब तक सोनू का जन्म नहीं हुआ था, पुत्र विहीन कमलकांत हेमचंद्र को डाँट फटकार के बावजूद प्रेम करते थे। बहनें भी बड़े प्यार से उसे राखी बाँधतीं।

कुछ दिनों से उसे गाड़ी चलाने का शौक चर्राया है। दुकान से घंटे-दो घंटे गुठली मारकर वह निकल जाता और पड़ोस की दुकान के ड्राइवर से गाड़ी चलाना सीखता। उसे लगा दुनिया में इससे शानदार कोई काम नहीं। बस, राजा की तरह सीट पर बैठ जाओ, हाथ पैर से क्लच ब्रेक एक्सेलरेटर और स्टियरिंग को दबाओ घुमाओ और ऐश करो, दिमाग का तो कोई काम ही नहीं है। अब वह जिद करने लगा उसे ट्रांसपोर्ट का बिजनेस करना है। कमलकांत बिजनेस के नाम से बिदके हुए थे। अब वे और पूँजी लगाने के हक में नहीं थे। हेमचंद्र ने विश्वास दिलाया गाड़ी खुद चलाएगा। पैसा डूबने के हालात नहीं बनेंगे। आखिर कमलकांत ने एक टैक्सी खरीद कर भतीजे को दे दी, चलाने के लिए।

इस काम में हेमचंद्र को मजा आने लगा। सवारियों को शहर से बाहर कभी आगरा तो कभी जयपुर ले जाने के बहाने उसकी भी घुमाई होने लगी। लंबे सफर में अपनी चुटकुलेबाजी और गप्पों से सवारियों का दिल बहलाता। जब भी कोई पार्टी बाहर से आती तो हेमचंद्र की फरमाइश करती। कमलकांत

को संतोष था कि हेमचंद्र का मन इस काम में रम गया है। पर साल भर होते-होते हेमचंद्र को एक बुरी लत लग गई। टैक्सी स्टैंड पर ड्राइवरों की संगत में उसने पीना शुरू कर दिया। जब भी पीकर आता, चाची और बहनें उसे पिछले दरवाजे से चुपचाप हवेली की तीसरी मंजिल पर बनी बरसाती में ले जातीं। जो चंद्रकांत की बरसाती की बगल में थी। इस दूसरी बरसाती पर मकान मालिक का कब्जा था। जिसका इस्तेमाल या तो गेस्ट रूम के रूप में होता या जब-जब हेमचंद्र नशे में धुत होकर आता तो चाची दमयंती उसे पति की निगाहों से बचाने के लिए ठेल ठालकर यहाँ सुला देती।

बहनें खाने की थाली चुपचाप ऊपर ही ले जातीं। कभी वह खाता कभी दो-चार कौर खाने के बाद नाली में कै कर देता। जब भी पीकर आता, आधी रात तक यह नाटक चलता पर मजाल है कमलकांत को कानों कान खबर भी होती। हालाँकि आए दिन चलने वाले इस नाटक को कई बार ऊपरी मंजिल के किराएदार भी देखते पर कोई कुछ ना कहता। लालचंद का कमलकांत से और पन्ना का दमयंती से भले ही दुर्भावना पूर्ण रवैया रहा हो, किंतु अपने शीतल स्वभाव के कारण हेमचंद्र सबका दिल जीते हुए था। सो एक अच्छे पड़ोसी की तरह सभी हेमचंद्र के शराबीपन पर परदा डाले रखते।

चाची ऐसे में मुट्ठी भर अमचूर उसके मुँह में ठूँस देती।

लड़खड़ाकर ऊपर का जीना चढ़ते हेमचंद्र को देखकर पन्ना कहती—"अरी कश्मीरन, एक नींबू निचोड़ दे मरे की हलक में।"

कुछ महीनों बाद एक दिन कमलकांत के सामने यह भेद खुल गया। वे आग बबूला हो गए।

"नालायक! इसी दिन के लिए तुझे यहाँ लाया था...धर्म भ्रष्ट कर दिया, भाईजी को क्या जवाब दूँगा...दूर हो जा मेरी नजरों से!"

"शांत हो जाइए, धीरे बोलिए, हवेली में सब सुन लेंगे..." दमयंती ने बीच बचाव की कोशिश की।

"तुम चुप रहो, सब तुम्हारी ढील का नतीजा है। मुझे धोखे में रखा गया, जब-जब पूछता था हेमचंद्र आया या नहीं तो मुझे कहा जाता थका हुआ है

सोने चला गया ऊपर। मुझे कई बार शक हुआ, पर मैं सोच भी नहीं सकता था कि यह किस गर्त में धँस रहा है। मुझसे यह बात छुपाई गई। अब यह पातकी इस घर में नहीं रह सकता।" कमलकांत गुस्से से थर-थर काँप रहे थे। दमयंती निगाह नीची किए अपराधी मुद्रा में खड़ी थी।

हेमचंद्र होश में नहीं था।

कमलकांत उसी वक्त उसे घर से निकालने पर आमादा थे। उनकी उग्रता से डरकर मन्नू और छोटी इंदु रोने लगीं। आखिर दमयंती की गुहार पर कमलकांत ने अल्टीमेटम दिया—"कल के बाद मैं इसे देखना नहीं चाहता।"

पर कल सूरज की चमकीली किरणों में रात की पूरी उथल-पुथल धूमिल पड़ गई। हेमचंद्र ने चाचाजी के चरणों में गिरकर माफी माँगी, शराब को हाथ न लगाने का वचन दिया। कमलकांत पिघल गए, आखिर पिछले आठ सालों से वह साथ रह रहा था, मोह जो ना कराए।

साल भर से हेमचंद्र गाँव नहीं गया था। सो इस घटना के दो महीने बाद वह गाँव गया। पंद्रह दिन बाद हेमचंद्र के पिता की चिट्ठी आई कि उन्होंने निकट के गाँव में उसकी शादी तय कर दी है, अगले महीने शादी है, सबको आने का निमंत्रण दिया गया था। चिट्ठी पढ़ते ही कमलकांत को काठ मार गया। वे बुरी तरह से आहत हो गए, उनका ख्वाब था कि वे हेमचंद्र का विवाह अपनी मार्फत किसी अच्छे खानदान की लड़की से करेंगे।

"दमयंती! तुमने देखी भाईजी की करतूत, मुझे कितना पराया कर दिया। आठ साल से उनके बेटे को पाल रहा हूँ, एक बार सलाह तक नहीं ली, कितना ही बाप बनने की कोशिश कर लूँ, रहूँगा तो चाचा ही।" स्वर में गहरी तड़प थी। भाई के निर्णय ने उनके स्वाभिमान को चूर-चूर कर दिया था।

"हेमचंद्र के विवाह में कोई नहीं जाएगा" गरजते हुए उन्होंने फैसला सुनाया।

कितने अरमान थे हेमचंद्र के विवाह के, मन-ही-मन उसे अपना वारिस समझा था, कितनी शान-शौकत से उसकी बारात सजाते, सारे मंसूबे धरे के

धरे रह गए...दमयंती उनके घावों पर मरहम लगाने की कोशिश करती पर चोट बहुत गहरी थी।

कमलकांत मोह और निर्मोह के पलड़ों में खुद को तौलते रहते पर ना राग छूटता, न वैराग जागता। जैसे-जैसे हेमचंद्र के विवाह की तिथि निकट आ रही थी, कमलकांत का रोष भाप बनकर उड़ता जा रहा था। किंतु अहं अभी भी हृदय में खूँटा गाड़े बैठा था। दमयंती ने कितनी अनुनय विनय की लेकिन कमलकांत हेमचंद्र के विवाह में जाने को तैयार न हुए। अलबत्ता बेटियों को जाने की इजाजत मिल गई।

विवाह के दस दिन बाद हेमचंद्र बहनों और पत्नी के साथ हवेली में लौट आया। दमयंती ने बड़े अनुराग से बहू का स्वागत किया। बहू रूप गुण में निपट देहाती और अनगढ़ थी। कमलकांत प्रकट में गंभीर बने रहते पर भीतर से बहू के प्रति उदार भाव रखते। दमयंती ने बड़े चाव से बहू को मुँह दिखाई में चंद्रहार दिया। बहनें भी खूब लाड़ दिखातीं। नई बहू को यहाँ के तौर तरीके सिखाने में सब तत्पर रहते। दो तीन महीने सब ठीक-ठाक चला। इधर हेमचंद्र ने पुनः पीना शुरू कर दिया। इस बार दमयंती ने सख्ती दिखाई—"अब परिवार वाला हो गया है, जिम्मेदार बने वरना चाचाजी को सब बताना होगा।"

"चाचीजी, मैं किसी से नहीं डरता, जिसे बताना हो बता दो...अपने पैसों की पीता हूँ, मुझे किसी की परवाह नहीं।"

ऐसा आशातीत अपमानजनक उत्तर सुनकर दमयंती सकते में आ गई। कहीं पानी सर से ऊपर ना हो जाए, यह सोच उसने कमलकांत से सारी बात कह सुनाई। कमलकांत के मन का घाव धीरे-धीरे ठीक हो रहा था, वे पुरानी पीड़ा को भुलाकर भतीजे और उसकी बहू को परिवार का अभिन्न हिस्सा बनाने में लगे थे। दमयंती की बात ने घाव पर के खुरंड को छील दिया। हेमचंद्र को बुलाकर वे दहाड़े—

"निर्लज्ज! फिर तुमने वही हरकतें शुरू कर दीं, अब तुम इस घर में नहीं रह सकते।"

"हाँ, मैं भी यहाँ नहीं रहना चाहता। मैं कोई दूध पीता बच्चा नहीं जो रोज-रोज आपकी फटकार सुनूँ।"

"तेरी यह हिम्मत, मुझसे जबानतराश कर रहा है...निकल जा यहाँ से नमकहराम!" उस दिन कमलकांत का हाथ उठ गया। हवा में लहराता हाथ नीचे आता, उसके पहले ही हेमचंद्र उबल पड़ा—

"हाँ हाँ जा रहा हूँ..." और सचमुच वह सामान समेटने लगा। दमयंती रोने लगी पर आज हेमचंद्र सारी मान-मर्यादा भूलकर अवज्ञा को उतारू था। ऐसा लग रहा था, मानो उसने पहले से तय कर रखा था कि यहाँ नहीं रहना है।

अपनी पत्नी को लेकर जैसे ही वह बाहर निकला, कमलकांत निष्ठुर होकर बोले—"गाड़ी की चाबी देकर जा। आज से तेरा-मेरा कोई वास्ता नहीं।"

हेमचंद्र ने झटके से चाबी फेंकी और दनदनाकर सीढ़ियों से नीचे उतर गया। दमयंती फूट-फूटकर रोने लगी—"आप इतने कठोर कैसे हो सकते हैं, गाड़ी की चाबी भी ले ली वह क्या कमाएगा और क्या खाएगा।"

"अब वो मरे या जीए मुझे कोई परवाह नहीं। कृतघ्न कहीं का! जैसा बाप वैसा बेटा...दमयंती! अपना-अपना होता है पराया पराया, वह पराया था पराया ही निकला, मैं उसे अपना नहीं बना सका।" कहकर कमलकांत रो पड़े।

उस दिन कमलकांत के घर चूल्हा नहीं जला। आत्मीय रिश्ते का टूटना देह छूटने के मातम से कुछ कम नहीं होता। कश्मीरन के यहाँ घटी घटना से मुझे भी धक्का लगा। मैंने देखा था दोनों पति-पत्नी ने हेमचंद्र को किस तरह सीने से लगाकर पाला था। हेमचंद्र भी सोने के दिल वाला लड़का था, पर आज का उसका व्यवहार हैरान कर देने वाला था। लोग ठीक ही कहते हैं बीवी के आते ही बेटे बदल जाते हैं। हवेली के किराएदारों से इस परिवार की घटना छिपी ना रह सकी। वे भी हेमचंद्र के इस तरह पत्नी सहित हवेली छोड़ जाने से अचंभित थे। कश्मीरन से पन्ना का कितना ही ईर्ष्या-द्वेष रहा हो पर ऐसे में वह रोती हुई कश्मीरन को ढाढस बँधाने चली आई।

हवेली में रहने वाले सारे किराएदार एक बड़े कुनबे की तरह थे। केस मुकदमे झगड़े टंटे के बीच कब प्रेम की गंगा बहने लगती कोई नहीं जानता था। एक परिवार के घर दामाद आ जाता तो दूसरे परिवारों से एक-एक कटोरा कोई खास तरकारी खीर या हलवा आ जाता, ताकि दामाद के सामने रंग-बिरंगी थाली परोसी जा सके। किसी बेटी को देखने लड़के वाले आ रहे हैं तो माँ कहती—

"जा, ऊपर वाली मीरा भाभी से कोई बढ़िया साड़ी माँगकर ले आ।" और भाभी भी उदारता से अपनी अलमारी का पल्ला खोल देती।

कमलकांत के यहाँ सबसे पहले टेलीफोन लगा तो रोज दिन ऊपर-नीचे के किराएदारों के रिश्तेदारों के जयपुर, मुंबई और कोलकाता से फोन आने लगे। भले ही लालचंद या किसी किराएदार के साथ केसा-केसी चल रही हो, पर वे बेझिझक कमलकांत का फोन नंबर अपने संबंधियों को दे देते। मकान मालिक कभी-कभी झुँझला जाते पर दमयंती मुस्तैदी से किसी बच्चे से खबर भिजवा देती कि अमुक का फोन आया है।

मुझे वह दिन भी याद है जब कमलकांत का लाडला सोनू पाँच से दस और दस से पंद्रह बरस का हो गया। होली का दिन था, सभी बच्चे होली के हुड़दंग में शामिल थे। गली में नगाड़े बज रहे थे, होली है के नारों से हवेलियाँ गूँज रही थीं। सोनू और सभी बच्चे पिचकारी और पानी से भरे गुब्बारे लेकर छज्जे में लटके हुए थे। सोनू बालटी भर के रंगीन पानी लाया और नीचे मस्तों की टोली को भिगोने लगा। जैसे ही बालटी उठाकर उसने उलटी, बालटी समेत खुद छज्जे से नीचे उलट गया। चारों ओर हड़कंप मच गया। कमलकांत सुनकर सुन्न पड़ गए। जहाँ के तहाँ बैठे रह गए। दमयंती होश खो बैठी। बहनें दौड़कर गली में गईं। इकलौता भाई खून में नहाया पड़ा था। क्षण भर में हवेली के सारे जवान लड़के नीचे पहुँच गए। उसे उठाया और टाँगकर सँकरी गलियों को पार कर न जाने किसकी गाड़ी में लादा और आनन-फानन में अस्पताल पहुँचाया। होली का दिन, सब डॉक्टर छुट्टी पर, अस्पताल के परिसर में रहने वाले डॉक्टरों को दबंगई के बल पर पकड़कर लाया गया।

हाथ में पकड़ी बालटी के पेट में गड़ जाने से सोनू को गंभीर चोट लगी थी, उसकी अंतड़ियाँ फट गई थीं, तुरंत ऑपरेशन किया गया। पूरी सर्जरी के दौरान कमलकांत के परिवार का कोई व्यक्ति मौजूद नहीं था। सोनू बुढ़ापे की औलाद थी, कमलकांत और दमयंती हाथ जोड़े घंटों भगवान् के सामने बैठे रहे। मेरी दीवारें भी उस दिन आँसू बहा रही थीं, भगवान् इस घर के चिराग को मत बुझाना। सूरज ढलने के बाद ही लड़कों की टोली अस्पताल से लौटी। सोनू का ऑपरेशन कामयाब रहा। बाईस दिन बाद सबकी दुआओं से उसे अस्पताल से छुट्टी मिली।

ऐसी थी इस हवेली की रीत—लड़ते-लड़ते हँसना और हँसते-हँसते लड़ना, कभी एक-दूसरे को दु:ख देना और कभी दु:ख पर मरहम लगाना। जिस हेमचंद्र के जाने पर सारी हवेली हैरान थी उसका राज करीब पंद्रह वर्षों बाद खुला। जब कमलकांत की बड़ी बेटी कस्तूरी का गाँव जाना हुआ।

कस्तूरी विवाह के बाद एक बड़ी अखबार की सह संपादक बन गई थी। व्यस्त दिनचर्या में तरह-तरह की मीटिंग करने के साथ रोज घंटों कागज काले करने पड़ते, संपादकीय लिखने का भार भी उसी पर था। कंप्यूटर की बोर्ड का जमाना नहीं था। टाइपराइटर पर उँगलियाँ नचाने की बजाय कस्तूरी को कलम घिसना अधिक प्रिय था। पर लंबी सिटिंग से उसकी रीढ़ की हड्डी दुखने लगती। अतीत में एक बार गले में पट्टा लग चुका है, सो अब एहतियात बरतती है।

उस दिन संपादकीय लिखने के साथ एक विशेष स्तंभ की शुरुआत करनी थी—पुरातन मंदिरों का इतिहास। पिछले सप्ताह एक खबर सुर्खियों में थी, जिसने उसके दिल के दरवाजे पर दस्तक दी और यह नया स्तंभ लिखने के लिए प्रेरित किया।

खबर थी कि अमुक गाँव में 5000 साल पुरानी एक मूर्ति निकली है। कोई ग्रामीण अपनी भूमि में मकान की नींव रखवा रहा था जब खुदाई के क्रम में मजदूरों के हाथ यह मूर्ति लगी। इसे इतिहास की बेशकीमती धरोहर माना

जा रहा था। जब से पुरातत्त्व विभाग के निर्देश पर स्थानीय प्रशासन ने भूमि के उस टुकड़े को बाहरी हिस्से तक सील कर दिया है, तब से अचानक इस गाँव की ऐतिहासिक महत्ता बढ़ गई।

खबर पढ़ते ही कस्तूरी का दिल धड़क उठा था, क्योंकि जो गाँव 'नागसेनी' के नाम से हैडलाइन बना हुआ था वह दरअसल उसका पैतृक गाँव था। उसकी कर्मभूमि से हजारों मील दूर बसा यह गाँव उस घाटी में था, जहाँ बचपन में कितनी ही बार वह गरमी की छुट्टियाँ बिताने जाती रही है। जहाँ उसने कैनवास पर खचित चित्रों जैसे ढालू छतों वाले मकान देखे हैं, बादलों के शैतान टुकड़ों को एक मंजिला मकान की छोटी खिड़कियों में बलात आधे तिरछे होकर प्रविष्ट होते देखा है और देखा है रुई के फाहों जैसे बर्फ के फकफके टुकड़ों को लोगों के गरम कपड़ों से ढके कंधों पर गिरते, खुले बालों में उलझते, तिरछी बारिश की तरह आसमान से कश्मीर की तराइयों में बेआवाज उतरते...।

कोलकाता की उमस भरी दोपहर में यह खबर पढ़कर कस्तूरी की देह में सर्द लहर दौड़ आई। वह उस कश्मीर में खो गई, जिसकी यादें धुँध की तरह पल भर में दिलो दिमाग को लपेट लेती थी। उसने तुरंत कश्मीर की टिकट बुक कराई और अगले दिन दोपहर ढलते-ढलते अपने गंतव्य तक पहुँच गई। काम के सिलसिले में निकट के कस्बाई होटल में एक सप्ताह का प्रवास था।

माँ के आदेशानुसार कुलदेवी के आगे शीश नवाने पुश्तैनी गाँव भी जाना हुआ। वहाँ हेमचंद्र से उसकी मुलाकात हुई।

"भाईजी, आप कैसे हैं? भाभी को लेकर हवेली छोड़कर क्यों चले गए थे? पिताजी आज तक आपकी इस बात से बहुत दुःखी और नाराज हैं, इतने सालों में कभी हमारी याद नहीं आई... ?" बरसों से कलेजे में दबा सवालों का जखीरा हरहरा कर फूट पड़ा, आँखों में आँसू भरकर कस्तूरी ने पूछा।

"कस्तूरी! चाचाजी से कहना मुझे माफ कर दें, बस बात ही ऐसी थी कि मुझे जाना पड़ा।" हेमचंद्र की आँखें नम हो गईं।

हेमचंद्र ने जो कारण बताया, उसे सुनकर कस्तूरी स्तब्ध रह गई। हवेली लौटकर अपनी यात्रा का ब्यौरा देते हुए माँ के सामने रहस्य उद्घाटित किया, सुनकर दमयंती के साथ मेरा मन भी पसीज उठा।

दरअसल हेमचंद्र के साथ सप्तपदी के फेरे लेती उसकी ब्याहता के पेट में तीन महीने का गर्भ था। ब्याह के दो महीने तक वह नहीं जान सका, उसे लगा पहली रात ही शायद उसकी कोख में बीज रह गया है, पर पेट के बढ़ते आकार ने उसे आशंकित किया। जब जोर देकर पत्नी से पूछा तो उसने बताया कि यह उसके प्रेमी का बच्चा है।

चाचाजी की प्रतिष्ठा और सम्मान को बट्टा ना लग जाए, यह सोचकर हेमचंद्र ने सारी भूमिका रची और पत्नी को लेकर वहाँ से हठात् निकल गया। दूरदराज के मोहल्ले में सीलन भरी अंधेरी कोठरी किराए पर ले ली। अगले कुछ महीने भीषण कष्ट के थे, यहाँ वहाँ नौकरी करके उसने दो जन की उदरपूर्ति का जुगाड़ किया। समय पूरा होने पर पत्नी ने बेटे को जन्म दिया। विकट स्थिति में अकेले पुरुष ने जच्चा बच्चा की देखभाल की, पत्नी का मैल धोया। फिर तीन महीने के शिशु और बीवी को लेकर गाँव चला गया। सोचा गाँव में कोई जान नहीं पाएगा, सो बच्चा समय से पहले जन्मा है—कहकर बीवी को कलंकित होने से बचाया। पर हाय रे दुर्भाग्य! वह औरत जाने किस मिट्टी की बनी थी जो अपने दुधमुँहे बच्चे को छोड़कर प्रेमी के पास भाग गई।

धन्य था हेमचंद्र जो दूसरे के बीज से नफरत करने की बजाय उसे कलेजे से लगाकर पालता रहा। पंद्रह बरस के बाँके किशोर को देख कस्तूरी का जी कैसा तो हो गया था। ना वह अपना लगा ना पराया, तटस्थ भाव से उसे देखती रह गई।

जब से हेमचंद्र के जीवन का रहस्य जाना मैं बहुत उदास हो गई। उस रात हमजोली पीपल से खूब बातें कीं। बातें हेमचंद्र की, उसकी अच्छी बुरी यादों की...उसकी हँसी ठिठोली की...नशे में धुत लड़खड़ाते कदमों और बहकी-बहकी बातों की। उसके प्रति दमयंती के अकुंठ नेह और कमलकांत

की बेटियों के निश्छल प्रेम की। चाचा भतीजे की नोक झोंक और तकरार की। कैसी उदात्त छवि छोड़ गया था वह हवेली में!

जब भी किसी कैलेंडर में भगवान् शिव की तसवीर देखती हूँ हेमचंद्र की याद आने लगती है वह भी तो उन्हीं की तरह नीलकंठ था, जिसने चुपचाप औरों का जहर पीया...उफ तक नहीं की।

□

14

हेमचंद्र की कहानी के साथ ही यादों का एक और झोंका आया और मेरी किताब के पन्ने फड़फड़ा उठे हैं। एक धूमिल सा चेहरा झाँक रहा है... कुछ-कुछ जाना पहचाना...अरेऽऽऽ, यह तो अंबा है। आह, उसके जैसा कोई नहीं, अपने जैसी खास किरदार थी। मुझ जैसे कितनों को जिंदगानी का फलसफा सिखा गई। काश, मन्नू घड़ी-दो घड़ी रुक जाती तो अंबा की कहानी बाँचकर उसे समझाती कि समंदर की तरह जीवन में भी गिरते उठते ज्वार-भाटा को झेलना पड़ता है...नियति से भला कोई भाग सका है! कहते हैं अतीत के गर्भ में वर्तमान सोता है और वर्तमान की गोद में भविष्य पलता है। अंबा का अतीत तो मैं नहीं जानती, किंतु उसके वर्तमान को देखकर क्या किसी ने उसके आशातीत भविष्य की कल्पना की थी!

अंबा, कमलकांत की बड़ी बेटी कस्तूरी की सहपाठी रंजना की माँ थी। मन्नू तब छोटी थी, बहुत कुछ उसकी समझ से परे था। उसने केवल अंबा का वर्तमान देखा था...उसकी अधूरी कथा। जरा ठहर जाती तो उसे अंबा का भविष्य दिखलाती।

मेरी दीवारों से सटी बगल वाली हवेली 1163 की मालकिन थी—अंबा देवी। गली की ज्यादातर हवेलियाँ वक्त के थपेड़ों को झेलते धीरे-धीरे अपनी आभा खो रही थीं, पर बाजू वाली हवेली की जगमग अपने पुराने रूप-रंग और सज-धज के साथ बरसों बाद तक बदस्तूर कायम रही। वजह थी, कंबलों के बड़े व्यापारी धनाढ्य नेमिचंद्र जैन इस हवेली के मालिक थे। उन्होंने पुरखों

की विरासत को निष्ठा और मनोयोग से सँभाला-सहेजा। यह देख कई बार मैं ईर्ष्या से जल-भुन जाती। काश, मुझे भी ओम स्वरूप जैसे नालायक की जगह नेमिचंद्र जैसा गुणी वंशज मिला होता। जिसने जीवन में समय की उठापटक के बावजूद एक पुरखिन की तरह अपनी हवेली को जिंदा रखा।

तब कस्तूरी सातवीं कक्षा में पढ़ती थी। कॉपी या किताब लेने अकसर रंजना के घर जाया करती। प्राय: द्वार से ही किताब का आदान-प्रदान होता। यह पहला मौका था, जब सीढ़ियाँ चढ़कर कस्तूरी ने रंजना की भव्य हवेली में प्रवेश किया। यों स्कूल से साथ-साथ आते हुए कितनी ही बार वह हवेली नंबर 1163 के नीचे से गुजरी है। पर हवेली के भीतर जाने का यह पहला मौका था। यह एकमात्र घर था, जिसके बाहर कॉलबेल लगी थी। उस जमाने में हवेलीनुमा घरों के फाटकनुमा दरवाजे अमूमन खुले ही रहते। सबके लिए निर्बाध आवागमन था, कॉलबेल का प्रचलन नहीं था। दरवाजे बंद होने पर भारी सांकल को खटखटाया जाता, किंतु नई चीजों के शौकीन नेमिचंद्र ने सांकल परंपरा को कॉलबेल में बदल दिया था।

दूसरी बार कॉलबेल बजाने पर रंजना ने दरवाजा खोला और धीरे-धीरे बतियाते हुए कॉपी दी। पाँच मिनट भी नहीं हुए थे कि कड़कड़ाती आवाज आई—"रंजना....।"

"आई, अम्माजी!" कहते हुए रंजना ने सहमी आँखों से विदा का संकेत देकर किवाड़ बंद कर लिये। मैंने उस दिन भारी कदमों से कस्तूरी को सीढ़ियाँ उतरते देखा था। उसका बुझा चेहरा देख मुझे दया हो आई। दमयंती कस्तूरी और मन्नू की सहेलियों को बड़े चाव से खिलाती-पिलाती, दुलारती और मीठी बातें करती। रंजना की माँ ने भीतर आने को भी नहीं कहा, मुझे भी यह बात खली थी। रंजना, जो स्कूल में खूब चहकती है, घर में इतनी सहमी-सहमी क्यों थी...मेरी माँ का स्वर कितना कोमल और मीठा है, पर रंजना की माँ की कठोर वाणी! कस्तूरी के मन में कितने ही प्रश्न अनुत्तरित थे।

एक अन्य दिन मैंने रंजना की माँ को महरी पर बिगड़ते देखा—"बिना नहाए इस घर में मत घुसना और अपने बच्चे का इंतजाम कर लो, इसे काम

पर लाने की जरूरत नहीं।"

महरी कातर भाव से मैले-कुचैले बच्चे को छाती से चिपकाए मालकिन की ओर देख रही थी। अंबा देवी ने महरी के लिए अलग से एक धोती रखी थी। महरी रोज आती, अपनी साड़ी बदलकर वही धोती पहन लेती। घर की साफ-सफाई, चौका-बासन करती और जाते हुए उसे धो पसारकर जाती।

ऐसी ही एक दो और घटनाओं ने अंबा के शुष्क व्यवहार के प्रति मुझे सशंकित कर दिया। मुझे याद है एक बार रंजना किसी काम से कस्तूरी से मिलने यहाँ आई और चौंतरी पर खेल रहे पास पड़ोस के लड़के-लड़कियों की टोली में रम गई। अचानक उसे याद आया कि अम्माजी ने तुरंत लौटने को कहा था।

वह कस्तूरी से बोली, "अम्माजी डाँटेंगी, तू मुझे छोड़ने चल।"

कस्तूरी हिचकिचाई थी, पर फिर उसके आग्रह पर उसे छोड़ने चली गई। धीरे-धीरे घर की सीढ़ियाँ चढ़ते जरूर उसका नन्हा दिल धौंकनी सा धड़क रहा होगा।

रंजना की माँ ने दरवाजा खोला, कस्तूरी देर से पहुँचने के लिए कोई दलील देती, उसके पहले ही अंबा ने एक छड़ी निकाली और सड़ाक् की आवाज के साथ छड़ी हवा में घूम गई। इस आकस्मिक प्रक्रिया से कस्तूरी इतना डर गई कि उलटे पाँव लगभग दौड़ते हुए अपने घर लौट आई और रजाई में मुँह ढाँपकर दुबक गई। मेरा जी किया जाकर कस्तूरी का माथा सहला दूँ। बेचारी बच्ची!

उस दिन से अंबा को लेकर उसके साथ-साथ मेरे मन में भी एक भय समा गया था। मैं दमयंती और अंबा की तुलना करती। दमयंती, जिसके माथे पर कभी त्योरी नहीं देखी...ममता का छलछलाता सागर...पर अंबा ऐसी क्यों है। दो-तीन महीने बाद भेद खुला कि अंबा रंजना की सौतेली माँ थी। दो बेटे और एक बेटी को छोड़कर नेमिचंद्र की पहली पत्नी अल्पायु में ही सिधार गई। अचानक रंजना मेरे लिए सहानुभूति का पात्र बन गई।

अंबा की छवि याद करती हूँ तो उसका धवल गौर वर्ण, नाक में मोटी

सी हीरे की दमकती लौंग, लंबोदरा चेहरा, कठोर भाव-भंगिमा और हाथ में छड़ी स्मृतियों में उभर आती है।

वार्षिक परीक्षा के बाद परिणाम आया, रंजना फेल हो गई थी। धनाढ्य व्यापारी पिता की पुत्री रंजना दो बड़े भाइयों की छोटी बहन थी। उसके फेल होने से मुझे दुःख हुआ, बेचारी सौतेली माँ के जुल्मों के कारण न पढ़ पाती होगी, ऐसे विचार मुझे अशांत कर जाते।

कस्तूरी पास होकर आठवीं कक्षा में आ गई थी। इसी साल एक नई छात्रा ने प्रवेश लिया। बातचीत से पता चला कि वह रंजना की दूर की चचेरी बहन है। उससे जो जानकारी मिली, वह चौंकाने वाली थी। उसने बताया कि अंबा चाची बहुत अच्छी हैं, बेहद सुघड़ और अनुशासित। बाईस साल की उम्र में नेमिचंद्र की दूसरी पत्नी बनकर इस घर में आईं, जहाँ सोलह-सत्रह बरस के दो पुत्र और दस-ग्यारह बरस की रंजना उन्हें पुत्री के रूप में मिली। अनुशासन के बूते वह तीनों बच्चों की परवरिश सख्ती से कर रही थी, ताकि कोई ऊँच-नीच न हो।

यह जानकर भ्रम के धूसर बादल तो छँटे, अंबा के प्रति मोहल्ले वालों की राय भी बदलने लगी, पर मुझे अंबा की हवा में लहराती छड़ी याद हो आई...अनुशासन अपनी जगह है, पर बिन माँ की बच्ची की पिटाई तो कोई ठीक बात नहीं। हालाँकि उन दिनों घर में माँ बाप के थप्पड़ और स्कूल में मास्टरजी की छड़ी आम बात थी, सो बच्चे को पीट देना कोई असामान्य घटना न थी। यह सोच मैं खुद से ही जिरह करती और अंबा को क्लीन चिट दे देती।

कुछ महीनों बाद दमयंती ने सोनू को जन्म दिया। जन्मोत्सव में कस्तूरी और मन्नू की कई सहेलियाँ आमंत्रित थीं। कस्तूरी ने रंजना को भी निमंत्रण भेजा, किंतु वह नहीं आई। गोया, बाद में वह कभी-कभी हवेली आती। छह-सात माह का सोनू दूधिया रंग का गोल मटोल शिशु था। अपनी बड़ी-बड़ी आँखों और घुँघराले बालों के कारण सबको लुभाता। रंजना जब-जब आती, उसे गोद में उठाने को मचलती पर जाने क्यों वह उसके पास न जाता, रोता-चिल्लाता। इस पर रंजना कहती—"भाई! मैं गोरी नहीं हूँ ना, इसलिए तू मेरी

गोद में नहीं आता।" रंजना साधारण रंग रूप वाली लड़की थी।

कुछ माह बाद अंबा ने भी एक पुत्र को जन्म दिया। बच्चे के माथे पर तिलक जैसा एक कुदरती चिह्न था, इसी से उसका नाम रखा गया—तिलक। रंजना बहुत खुश थी, अब कस्तूरी की तरह उसके पास भी एक खिलौना था। कस्तूरी धीरे-धीरे फिर उसके घर जाने लगी। दो वर्ष बाद रंजना के बड़े भाई का विवाह हुआ। नई भाभी को देखने की उत्सुकता में एक दिन वह उसके घर गई। बड़ी सौम्य थीं—सुलेखा भाभी। ट्रे में मिठाई की प्लेट और शरबत रखते हुए बोलीं—"जीजी! आम काटकर लाऊँ क्या? अच्छा मठरी खिलाती हूँ। कस्तूरी ने फुसफुसाकर पूछा—"रंजू! बड़ी भाभी तुम्हें जीजी कहती हैं?"

"अरे हाँ, हमारे यहाँ ननद बड़ी हो या छोटी ऐसे ही पुकारा जाता है, बल्कि शुरू में भाभी मुझे रंजना जीजी कहती थीं, पर एक-दो दिन बाद ही अम्माजी ने कहा—देखो सुलेखा, आगे पीछे तुम्हारी एक ही ननद है, नाम लेने की क्या जरूरत! तब से भाभी बस जीजी ही कहती हैं।" अंबा देवी का दबदबा देख कस्तूरी के किशोर मन के साथ-साथ मैं भी प्रभावित हुए बिना न रह सकी।

कुछ समय बाद रंजना और कस्तूरी का मेल मिलाप कम होने लगा। पढ़ने में तेज कस्तूरी ने अच्छे अंक प्राप्त कर राजधानी के सबसे मशहूर कॉलेज में दाखिला ले लिया था। एक डेढ़ साल बाद रंजना का विवाह हो गया। उसका पति हीरों का व्यापारी था। फिर उसके पुत्र होने की खबर सुनी, इस बीच उसके दूसरे भाई का भी विवाह हो गया था। कस्तूरी पढ़ने के लिए शहर से बाहर चली गई, दोनों का संपर्क पूरी तरह टूट गया। बस यहीं तक कस्तूरी रंजना और अंबा का वर्तमान जान पाई।

पढ़ाई पूरी करने के बाद कस्तूरी का भी विवाह हो गया, पति की नौकरी के कारण वह विदेश चली गई। दो-चार साल में एक बार आती, घर-परिवार, नाते-रिश्तेदारों और दोस्तों से मिलने में समय पंख लगाकर उड़ जाता। अबकी आई है तो दो हफ्ते के लिए माँ के साथ रहने का प्रण करके आई है।

जहाँ बचपन और लड़कपन गुजरा वे गलियाँ बाँह पसारे मोहपाश में

बाँधने को आतुर लगीं। कमलकांत के सभी बच्चे इसी हवेली में पले-बढ़े, खेले-कूदे। पर मुझे लगता है हवेली, यानी मुझसे सबसे ज्यादा मोह मन्नू को था। उसके तो प्राण बसे थे इस चौखट पर। हमेशा कहा करती मैं हवेली छोड़कर कभी नहीं जाऊँगी, मेरी नाल जो गड़ी है यहाँ...पर देखो, आज कैसे मुँह मोड़कर चली गई। उसने बचपन में कई लोगों से अपने जन्म की बात सुनी थी, मेरी तो आँखों देखी है।

जब तक गर्भिणी दमयंती को अस्पताल पहुँचाने के लिए रिक्शा लाया जाता, उसकी प्रसव-पीड़ा असह्य हो गई और उतावली मन्नू माँ की कोख से बाहर आ गई। उस समय दमयंती से द्वेष रखने के बावजूद पन्ना और हवेली की अन्य स्त्रियों ने दमयंती के प्रसव को सँभाला था। बाद में मन्नू की नाल को आँगन के कोने में जमीन के नीचे गाड़ दिया गया। इसी से बचपन में पन्ना उपहास किया करती—

"यह छोरी हवेली छोड़कर कभी न जाएगी, इसकी तो नाल गड़ी है यहाँ।" पर हर लड़की की तरह विवाह के बाद मन्नू को जाना ही पड़ा दूसरे घर।

मैं भी कहाँ से कहाँ चली गई, बात कस्तूरी की हो रही थी, जो कई सालों बाद विदेश से आई थी। अब की उसके पास समय था, अपनी जन्मभूमि का तफसील से मुआयना करने का। इस क्रम में वह कभी माँ और कभी छोटी बहन के साथ अपनी चिर परिचित दुकानों, मकानों, लेटर बॉक्स, पनवाड़ी, सुनार, फलवाले और नाथू जौहरी के ठिकानों पर घूम आई थी। नटराज के दही भल्ले और मालीबाड़े की चाट चटखारे ले-लेकर खा चुकी थी। कुछ पुरानी सहेलियों की भी खोज खबर ली। एक दिन अचानक एक पड़ोसी से मुलाकात हुई तो पता लगा रंजना के पिता तीन वर्ष पहले गुजर गए।

"माँ, क्या सचमुच नेमि अंकल गुजर गए? आपने बताया नहीं," कस्तूरी सुनकर बेचैन थी।

"हाँ बेटा! वे चले गए, अब सात समंदर पार तुझे क्या-क्या बताती... उनके यहाँ तो इससे भी बड़ा अनर्थ हुआ।" कस्तूरी साँस रोके माँ की ओर

व्यग्रता से ताकने लगी।

"छह महीने पहले अंबा का पुत्र तिलक स्कूली शिक्षा खत्म करके जैसे ही कॉलेज पहुँचा कि दस-बीस दिनों के भीतर एक दुर्भाग्यपूर्ण बस दुर्घटना में चल बसा।"

मैं तो यह सब जानती थी, पर कस्तूरी सुनते ही सकते में आ गई। अंबा देवी का चेहरा उसकी आँखों के आगे घूम गया।

"हाय, विधाता की ऐसी मार! सारा जीवन जिसने पराए दरख्तों को सींचा, पति की पूर्व संतानों को पोसा, आज अपनी बेल को भिगोने आई तो अमृत कलश टूटकर बिखर गया। कल्पतरु से जिस पुत्र के लिए सपनों के तार बुने वह पानी के बुदबुदे सा छलकर चला गया।" दमयंती इस दारुण घटना पर पसीजकर बोले जा रही थी, पर कस्तूरी कुछ न सुन पाई। चलचित्र की तरह दृश्यों की लंबी श्रृंखला उसके स्मृति पटल पर कौंधने लगी। कड़क स्वर वाली अंबा देवी...हाथ में छड़ी लिए अंबा देवी....बहू को नसीहत देती... महरी को लताड़ती...।

किशोरवय में वह अंबा देवी का सामना करने में हिचकिचाती, पर आज उम्र की परिपक्वता और तिलक की त्रासदीपूर्ण मौत ने बरबस उस स्त्री से फिर एक बार मिलने की इच्छा जगा दी थी।

दो दिन बाद कस्तूरी रंजना के घर पहुँची। दरवाजा खुलते ही रंजना की छोटी भाभी से सामना हुआ। कस्तूरी ने अपना परिचय दिया। वह उसे सुसज्जित बैठक में ले गई। कस्तूरी अंबा देवी से मिलने को आकुल थी। पता लगा वे भगवान अरिहंत के आगे संध्या का दीपक जलाने पूजा घर में गई हैं। सुबह प्रक्षाल और भगवान शांतिनाथ की पूजा करती हैं, चैत्य-बंधन, आरती और मंगल-दीपक अब रोज की दिनचर्या में शुमार है।

दस मिनट बाद बगल के कमरे से अंबा देवी प्रविष्ट हुईं। चौड़ा कुमकुम विहीन ललाट, वही दमकती हीरे की लौंग, किंचित् सफेदी लिए जूड़े में आबद्ध केश...। कस्तूरी का हृदय बचपन सा पुनः धड़कने लगा—"अम्माजी! पहचाना? मैं रंजना की...?"

"बिट्टी! अरे, तुम कैसे... ?"

अंबा देवी के बंद होंठों पर संकुचित मुसकान सभ्य अतिथि की तरह आ खड़ी हुई।

"वो मैं..." बातों के दौरान उसने पिछले आठ-दस वर्षों का संक्षिप्त लेखा-जोखा दिया। रंजना और उसके बड़े भाई-भाभी का हाल पूछा। उनके पुत्र के विषय में जैसे ही मुँह खोला, अंबा देवी उठ खड़ी हुईं और पीछे चाँदी के फ्रेम में मढ़े पुत्र के चित्र को उठाकर बोली—"अपना कर्ज वसूलने आया था, चला गया।" अंबा देवी की थरथराती आवाज में कस्तूरी ने बरसों पहले की कठोरता को पिघलते देखा।

"अम्माजी, आप आजकल क्या करती हैं ?" किसी तरह शब्द बटोरकर कस्तूरी ने पूछा।

दीर्घ निश्वास लेकर अंबा बोली—

"कर्ज चुक गया है, अब कोई चिंता नहीं! सोचती हूँ दान करूँ।" किसी गहरे कुएँ से आती सर्द आवाज कस्तूरी के कानों में उतर गई।

"कैसा दान ?" अनायास मुख से निकला।

"...बस दान लेने वाले आते ही होंगे।" कस्तूरी के सवाल को अनसुना करते हुए उन्होंने बात पूरी की। कस्तूरी कौतूहल से भर उठी।

तभी देखती है, भिखमंगों की टोली सा दस-बारह बच्चों का समूह सीढ़ियों में हो-हल्ला करते ऊपर आ धमका। गुदगुदे कालीन पर धक्का मुक्की करते सब बच्चे पसर गए। अम्माजी...अम्माजी का शोर उभरा। अंबा देवी ने कोमलता से तर्जनी उठाकर उन्हें शांत किया, तभी दो नौकर नाश्ते की दस-बारह प्लेटें लाकर बच्चों को परोसने लगे। खूँटे से छूटी गायें जैसे भूसे पर मुँह मारती हैं, वैसे ही दरिद्र-नारायण की फौज नाश्ते पर टूट पड़ी। कस्तूरी अंबा देवी की आँखों की नई परिभाषा को पढ़ने का प्रयास कर रही थी कि उनके स्वर से उसका ध्यान टूटा।

"अच्छा बच्चो! चलो, दूसरे कमरे में चलकर बैठो। आज तुम्हें नया भजन सिखाऊँगी।"

कस्तूरी ने अंबा देवी से विदा ली और उठ खड़ी हुई। आज उसे घर की सीढ़ियाँ उतरते हुए लगा मानो पैरों के बंधन खुल गए हों। मन हवा के परों पर सवार था।

जब भी अंबा के बारे में सोचती हूँ तो बड़े-बड़े लोगों से सुनी बड़ी-बड़ी बातें मन में पैठने लगती हैं—जीवन चार दिन का मेला है...सुख-दुःख का डेरा है...पाप पुण्य का चक्र है...नियति बड़ी प्रबल है...प्रारब्ध भोगना पड़ता है। अंबा ने प्रारब्ध ही तो भोगा है, विमाता बनकर भी सारे धर्म निभाए, पर मातृत्व सुख छिन गया। बावजूद वह हँसकर किसी संत की तरह निष्काम सेवा कर रही है। मुझे खुशी है कि नेमिचंद्र के तीनों की संतानें अंबा का सगी माँ की तरह सम्मान करती हैं। कई बार मैं हवेली नंबर 1163 की इस मालकिन की अपनी तथाकथित स्वयंभू मालकिन पन्ना से तुलना करती हूँ तो मन ग्लानि से भर उठता है।

"हाय पन्ना! काश तूने भी अच्छे कर्म किए होते। अंबा तो प्रारब्ध भोग रही है, तूने तो अगला जन्म भी बिगाड़ दिया।"

दो सालों बाद मेरे पड़ोस में खड़ी यह सुंदर हवेली बिक गई और अंबा मेरी आँखों से ओझल हो गई, पर उसकी खुश्क-तरल यादें आज भी मन में नुमायाँ है। तभी तो अपनी दरों दीवार में बसे दर्जनों बाशिंदों के साथ दूसरी हवेली में रहने वाली अंबा की यादें घुल मिल गई हैं।

□

15

मैंने हवेली के पचास बाशिंदों को एक बड़े कुनबे या संयुक्त परिवार की तरह जहाँ पर्व-तहवार में सहभागिता से खाते-पीते, हँसते-बोलते देखा वहाँ छोटी-छोटी बात पर चिक-चिक बाजी और झगड़ा-टंटा भी करते देखा।

कमी हो जाए तो एक कटोरी चीनी माँगने में हिचक नहीं, किसी के यहाँ मेहमान आ जाएँ तो बहाने से उसी कटोरी में हलवा खीर भेजने में गुरेज नहीं। हवेली की सबसे उदार और सुघड़ महिला थी दमयंती। दो हरी मिर्च या नींबू से लेकर स्वेटर बुनाई की दस नंबर की सलाइयाँ या गद्दे सीने की मोटी सुई—सब इस औरत के पास मिल जातीं। शायद ही किसी माँगने वाले को उसने खाली हाथ भेजा हो। यह देख कमलकांत उपहास करते—"हर दुर्लभ चीज तुम्हारे पिटारे में रहती है एक चिड़िया का दूध छोड़कर।" सुनकर कश्मीरन के साथ मैं भी मुसकरा देती।

कोर्ट कचहरी में केस मुकदमा चलता रहता पर औरतों और बच्चों में दुश्मनी का नाम नहीं। छोटे बच्चे गली में साथ-साथ कंचे और गिल्ली डंडा खेलते। लड़कियाँ हवेली की चौंतरी पर गिट्टे खेलतीं, या गली में ऊँच नीच, या सलेटी से लकीरें खींचकर पहल-दूज। लालचंद के बेटों की अगुवाई में हवेली के बड़े लड़के छत पर पतंग उड़ाते। ज्यादातर बरसातियों पर बनी टीन की छतों पर चढ़ जाते, यहाँ से वहाँ घोड़ों की तरह धमाधम दौड़ते, बरसाती में रहने वाले चंद्रकांत के परिवार की जरा भी फिक्र ना करते। उनके शरीफ बच्चों

की पढ़ाई-लिखाई हारी बीमारी का तिलभर खयाल ना आता। ऐसे ऊधमी और आतंकी लड़के थे।

पर यही लड़के नेता बन जाते, जब गरमी की छुट्टियों में सुबह की सैर के लिए शांतिवन जाना होता। लड़के-लड़कियाँ अलस्सुबह चार बजे उठ जाते। मुँह धोकर सब तैयार मुस्तैद। जो माँ-बाप बिगड़ जाने के भय से स्कूल के बाद बेटियों को कॉलेज ना भेजते वे इन लड़कों के भरोसे बड़े इत्मीनान से शांतिवन भेज देते।

यही रवैया चाँदनी चौक से गुजरने वाली रामलीला की सवारी और 26 जनवरी की परेड में बदस्तूर जारी रहता। शाम चार बजे गुजरने वाली रामलीला की सवारी रात बारह बजे फिर इसी सड़क से लौटती। जिसे देखने के लिए हवेली के बच्चे, किशोर और जवान लड़के-लड़कियाँ अपनी रात काली करने को तैयार रहते, झुंड बनाकर सँकरी गलियाँ पार करते हुए मुख्य सड़क के किनारे खड़े हो जाते। कइयों की निगाह सामने सड़क के दूसरे किनारे पर खड़े/खड़ी किसी को ढूँढ़ती। उस जमाने में इसे दिल को सुकून देने वाला नैन मटक्का कहा जाता। आँखों-आँखों में देखने भर से मन में जो उन्माद छलकता, उसकी चर्चा घर लौटकर अपने खास दोस्त या सहेली से चोरी चोरी की जाती। वो जान भी ना पाते कि उनकी सरगोशियाँ सुनकर मैं मुसकरा रही हूँ। आखिर यों ही थोड़े ही कहा जाता है कि दीवारों के भी कान होते हैं।

बसौड़ा के दिन सारी माताएँ स्कूल जाते बच्चों को पत्तल या दौना पकड़ा देतीं। जिसमें पूड़ी गुलगुले और खीर रखी होती। ऊपर कुमकुम और चावल छींटा रहता। गली के बाहर चौराहे पर पत्तल दौना रखकर वे शीतला माता को प्रणाम करते। दूसरी हवेली के लड़के-लड़कियों को कनखियों से देखने का यह एक मुहूर्त होता। पर मजा तो होली का त्योहार लेकर आता। रंगों की उमंग से पहले छोटी होली वाला दिन बड़ा खास होता।

होलिका दहन में हवेली के द्वार पर जलती लकड़ियों के गट्ठर के चारों ओर बच्चे जमा हो जाते। माएँ हाथ पकड़कर बूट (हरे चने की बालियाँ)

भुनवातीं। बड़े लड़के-लड़कियाँ बूट भूनने के बहाने होलिका की लाल-पीली लपटों की चकाचौंध में बाजू वाली का हाथ छूकर स्पर्श सुख पाते। बूट भुने न भुने, देह के साथ उनका मन जरूर दहक जाता। उठान भरती उम्र के झूले की पेंगें मुझे भी मस्ती से भर देतीं। एक दूजे को जरा सा देख लेना, छू लेना— इतना भर ही मयस्सर था। इससे ज्यादा तृप्ति के साधन ही कहाँ थे।

सबसे रोमांचक होता बड़ी होली का दिन। रंगों उमंगों से महकती, मौज-मस्ती में बहकती एक बेहद खास सुबह। जिसकी पिछली रात बिरह की नागिन सी बहुत लंबी होती और अकसर आँखों में ही गुजरती।

हवेली के बच्चों के चेहरों पर पिछली शाम के तयशुदा समय पर तयशुदा सामान मसलन बालटी, मग, पानी, रंग, पिचकारी, गुब्बारे वगैरह लेकर छत पर पहुँचने की असह्य आतुरता दिखती। भोर में सूरज काका भी शरारत पर उतर आता, देर तक चादर तानकर सोने का बहाना करता। बच्चे भोर से ही किरण फूटने की राह देखते।

उस इकलौती सुबह सब माँ से पहले उठ जाते। आज के लिए निकालकर रखे रंग उड़े, बखिया उधड़े या छोटे हो गए, कई बार पिछली होली वाले कपड़े पहनते। बटन टूटे है तो माँ सेफ्टीपिन या सुई से टाँका मार देती। कपड़े भले बदरंग पुराने हों पर फटे-घिसे कतई नही, आखिर लड़कियों के शील की बात है...खींचतान, पटका पटकी में कहीं कपड़े फट गए तो! तौबा-तौबा!!

चेहरे, हाथ-पैर और शरीर के खुले हिस्सों पर तेल का पोचारा होता। छत पर पहुँचने की मारा-मारी में शॉर्टकट नाश्ता जैसे डबल रोटी या पिछली रात के बासी पराँठे चाय या लस्सी से गटक जाते।

हर घर की रसोई में दहकती अँगीठी पर कड़ाही चढ़ी रहती। खास तौर पर गुझिया और मसालेदार बेसन के सेव बनते। होली खेलने, दूसरी छतों की होली देखने और गली में ढोल बजाते नाचते मतवालों की टोली को छत या छज्जों से उचक-उचककर ताकते कितने घंटे बीत जाते, किसी को इल्म न रहता।

काले, पीले, रंगों से पुते चेहरे पहचान में न आते। वैसे ही भूत बने झुंड के झुंड एक-दूसरे के घर के द्वार पर खड़े हो जाते। द्वार पर ही शिवजी की बारात सरीखी भूतिया टोली के लिए थाली भर-भर गुझिया, सेव परोसी जाती। जात पात, लिंग भेद से परे बच्चों की हथेलियाँ पल भर में सारी थाली साफ कर जातीं।

अपने घर की गुझिया खाने की पेट में जरा भर गुंजाइश न रहती। गरम पानी से यथासंभव रंग छुड़ाते पर अगले आठ-दस दिन कइयों के चेहरे-गरदन-हाथ-पैर होली की मस्तियों की चुगली करते। दोपहर बाद थकी पस्त देह जो पलंग पर गिरती तो सांझ ढले तक होश न रहता।

पर्व-त्योहार शादी-विवाह की मौकों पर हवेली बच्चों के कलरव, औरतों के बहनापे और हँसी-ठिठोली से चहकती एक बस्ती में तब्दील हो जाती। मैं भी अपने पुराने रंज भूलकर हँसती खिलखिलाती पर सब दिन एक से कहाँ होते हैं!

सौहार्द की सुगंध को वहशीपन की दुर्गंध हर लेती है। शैतानियत भी इनसान की ही फितरत है। साफ पाक मासूम चेहरों के पीछे कई बार गलीज दिमाग वाले खुराफाती लोग भी होते हैं। खुराफातें मजबूत दीवारों में भी सेंध लगा लेती हैं, चोर दरवाजे तलाश लेती हैं।

इसी होली की उन्मुक्तता को मैंने उच्छृंखलता में बदलते देखा है। स्कूल से लौटती बच्चियों के चेहरों पर निश्चिंतता की जगह भय देखा है। यह प्यारा त्योहार बिगड़ैल शोहदों का हुड़दंगी त्योहार बनने लगा। दो हफ्ते पहले से ही गली मोहल्लों सड़कों पर रंगों की पिचकारी और गुब्बारों से लैस लड़कों की निरंकुश आवारगी शुरू हो जाती...आक्रमण के लिए शिकार की तलाश। दूसरी ओर दुपट्टे से चेहरा छिपाए, सिमटी और डरी हुई लड़कियाँ आखेट के भय से भागती हिरनी की तरह बाहर से लौटते हुए जल्द-से-जल्द अपने घर की ड्योढ़ी तक पहुँचने को व्याकुल। पैदल जाती लड़की के सीने या पीठ पर, कूल्हे या गाल पर कोड़े की तरह सटाक से गुब्बारे का वार होता और गुब्बारे में भरा रंगीन पानी उसके कपड़ों के साथ-साथ उसके स्वाभिमान

को भी छिन्न-भिन्न कर देता। रिक्शे पर जाते हुए कोई उद्दंड रंग मलने के बहाने गालों को छूने की हिमाकत करता। बुजुर्गों के साथ-साथ मेरे मुँह से भी निकलता—भई, होली में घर से न निकलो, वरना यह तो होगा ही। फिर लगता यह तो खुली हवा में उड़ने को आतुर इन बच्चियों के पर कतरने जैसी बात हो गई। पर क्या कहूँ मैंने होली के बहाने लड़कियों को छूने, उनका अंगमर्दन करने, जीजा साली या देवर भाभी के रिश्ते की आड़ में कलुषित लोगों को अश्लीलता और अवांछित छेड़छाड़ की छूट लेते देखा है। इस त्योहार के मकसद-रूठों को मनाना, बैर को मिटाना और मर्यादित चुहल द्वारा जीवन में आनंद के रंग भरने को लोग भूलते जा रहे हैं। होली के लोकगीतों में उमंग और सौहार्द के साथ छेड़छाड़ की मिठास खोती जा रही है।

हवेली भी इस पतन से अछूती ना रही। कई उजले चेहरों से मुखोटे हटते देखे हैं मैंने। कइयों की लंपट निगाहें मेरी आत्मा में धँसी हुई हैं। बरसों बाद याद आते ही आज भी देह में झुरझुरी दौड़ जाती है, मन कसैला हो जाता है। इन बुरी यादों को पैर में लिपटे साँप की तरह झटक देना चाहती हूँ, पर अतीत के सीने पर रखे भारी पत्थर को धकेलकर वे सारी वीभत्स यादें रक्तबीज की तरह एक-एक कर मेरे आगे नाचने लगती हैं, अट्टहास करने लगती हैं।

...वो होली का दिन भी इन स्याह यादों में शुमार है। हर साल की तरह हवेली और पास पड़ोस के सभी बच्चे और जवान लड़के-लड़कियाँ मिलकर फाग खेल रहे थे। पिचकारी, गुलाल, रंगीन पानी से भरी बालटी और उमंग-मस्ती के बीच हुड़दंग मचा था। गली में नगाड़े बजाती मस्तों की टोली को देखने सब अपने छज्जों, छतों और मुंडेरों पर लटके थे। अचानक क्या देखती हूँ, पड़ोस का लंबा-चौड़ा बीस बरस का पवन निचली मंजिल पर के किराएदार भरतसिंह की बारह साल की गुड़िया की उभर आई नन्ही छातियों को दबाकर उससे ठिठोली कर रहा है। "उई" कहते हुए गुड़िया छिटककर दूर भाग गई।

गुड़िया के गुलाल लगे चेहरे पर एक और लाल रंग की परत मैंने देखी थी, वह भय की थी लाज की या सदमे की-इतना जाँचने लायक धैर्य मेरे पास

नहीं था। दरअसल उसके चेहरे पर डर लाज और सदमे तीनों का रंग था। यह गंदी हरकत देख मेरी पथरीली धमनियों में लावा दौड़ गया था। काश, मैं कुछ कर पाती...।

और तो और मैंने बेटियों और बहुओं वाले पन्ना के पति लालचंद को भी ऐसी गलीज हरकत करते देखा है। दोपहर की चिलचिलाती धूप थी, खाने के बाद सभी अपने-अपने घरों में पंखों के नीचे विश्राम कर रहे थे, पर बच्चों का खेल कहाँ रुकता है। गरीब किराएदार शंकर लाल की तेरह बरस की किशोर बेटी सीमा छत पर खेलते-खेलते पानी पीने के लिए दूसरी मंजिल पर आई। वहाँ के खुले अहाते में एक नल लगा था, जहाँ झुककर अंजुरी की कटोरी बनाकर सभी बच्चे पानी पी लेते थे। नल और पन्ना के घर के बीच में एक चौकोर जाल था। हवेली की निचली मंजिलों पर रोशनी आने का यह एक जरिया था।

लालचंद अपनी बनियान ऊपर कर पेट खुजलाते हुए कमरे से बाहर आया। तहमत की गाँठ को कसते हुए सीमा को पुकारा—

"ए छोरी, गिलास में पानी भर के ला तो!" उसने रसोई में से एक खाली गिलास लेकर सीमा की ओर बढ़ा दिया। जेठ की दोपहरी में नल का गरम पानी इन खेल के दीवाने बच्चों के अलावा कौन पीता है। हर रसोई में सुराही मटके रखे होते थे। लालचंद तो इस गरम पानी के बहाने अपनी देह की गरमी को ठंडाना चाहता था।

"लो बाऊजी" सीमा फुरती से गिलास लेकर पानी भर लाई।

"अरी जाल पे पानी छलक जाएगा इधर को आके दे दे।"

सीमा ने कुछ आगे आकर हाथ बढ़ाया पर उसके हाथ से गिलास लेने की बजाय लालचंद ने निर्लज्जता से सीमा की छातियों पर हाथ फेरा। सीमा बुरी तरह घबरा गई। गिलास हाथ से छूटकर जाल से टकराया, टन्न की जोरदार आवाज हुई, पानी छलककर दो मंजिल नीचे आँगन में फैल गया, पर किसी को खबर न हुई। बदहवास सीमा ऊपर जाने की बजाय धड़धड़ाते हुए दो जीने (सीढ़ियाँ) उतरकर आँगन से सटी अपनी कोठरी में जा घुसी और चटाई पर सोई माँ से सट गई।

“ऐ सीमा, कहाँ घुसी आ रही है? सोने दे री!” माँ ने कुनमुनाकर बरजोरी पेट से लिपटी उसकी बाँह को परे ढकेल दिया। मेरे सिवा हवेली में यह बात कोई नहीं जान सका। रुआँसी सीमा के आक्रोश का धुआँ मेरी आँखों में भर गया था।

पन्ना के दूसरे नंबर के बेटे महेंद्र की करतूत क्या सुनाऊँ, उसने तो मेरी छत से सटी दूसरी हवेली के सभ्य और खानदानी परिवार की इज्जत को तार-तार करने में कसर नहीं छोड़ी। याद आती है हीरे जवाहरात के व्यापारी श्याम नंदन जैन की सुंदर बेटी रूपा। पढ़ने-लिखने वाली प्रतिभाशाली लड़की। अपनी हवेली में रहने वाले संयुक्त परिवार की चचेरी बहनों के साथ कभी-कभी छत पर टहल करने आती। इधर हवेली की छत पर पन्ना के बेटे पतंग उड़ाते, कबूतरबाजी करते।

महेंद्र की निगाह रूपा पर पड़ी तो देखता ही रह गया। आखिर लालचंद का बेटा था, लहू के साथ लंपटगिरी देह में दौड़ती थी। पन्ना के बनाए गोंद के लड्डू और छप्पन भोग खाने से शरीर सुडौल सुदर्शन था। रोज-रोज छत पर देखा देखी होने लगी, जवानी की उछाह में रूपा भी बह गई। कॉलेज आते जाते महेंद्र से मिलने लगी। बेचारी रूपा प्यार में सबकुछ अर्पण कर बैठी। नहीं जानती थी, महेंद्र तो शिकारी था। जी भर रूपा का भोग लगाया, अघाया और फुर्र हो गया। दबी जबान में चर्चा होने लगी कि गर्भवती रूपा को उसकी नानी के यहाँ जोधपुर भेजकर गर्भपात कराया गया है। कॉलेज छुड़वाकर तुरंत बेचारी की शादी कर दी गई।

जाड़ों की धूप में बड़ी छत के कोने में चटाई दरी बिछाकर औरतें बैठ जातीं। कोई तेल कटोरी में लेकर बालों में लगाती, कोई किसी बच्ची को गोद में पटककर जुएँ निकालती, कोई मटर छीलती कोई स्वेटर बुनती। सबके हाथ अलग-अलग काम निपटाते पर जुबान पर एक ही राग...रूपा की चर्चा।

“तभी तो कहवे हैं इन छोरियों को कॉलेज ना भेजो, भई दो-चार जमात पढ़ाओ और ब्याह दो...जुम्मेबारी खतम।”

"सही कह रही हो सीमा की माँ, क्या करेंगी पढ़के...कोई कलेक्टर बनेंगी क्या और हमें कौन सी पंजाबियों की तरह नौकरी करानी है।"

"और क्या! न कॉलेज जाती ना ऐसे कांड करती...बताओ कैसी फजीहत कर दी माँ-बाप की!"

"अब इन छोरों की क्या कहें, इनका तो काम ही है...साँड़ बने घूमते हैं, जहाँ कोई गैया दिख गई चढ़ बैठे।"

"ठीक बात है, माँ-बाप का फरज है अपनी छोरियों को दाब के रखो।"

ऐसी चर्चा में दमयंती और मालती को मैंने कभी शामिल होते नहीं देखा। दोनों की बेटियाँ स्कूल जाती थीं, बाद में कॉलेज गईं। कस्तूरी, मन्नू और इंदु ने तो ऊँची पढ़ाइयाँ कीं, ओहदेदार नौकरियाँ भी कीं।

महेंद्र ने जो छल किया उसका उसे भरपूर दंड मिला। शादी के कई बरस बाद भी उसने औलाद का मुँह नहीं देखा। पर हाँ, पत्नी के मामले में वह बड़ा खुशकिस्मत था। उसकी पत्नी नीरू उसे लाड़ से नवाब साहब पुकारती। नवाबों की हर ख्वाहिश पूरी करने के लिए तैयार कनीजों की तरह वह पति की हर खुशी पूरा करती।

कहते हैं ना चोर चोरी से जाए हेरा-फेरी से न जाए। शादी के आठ-दस साल बाद भी महेंद्र के चरित्र में परिवर्तन नहीं आया। एक दिन सुभागी के छोटे बेटे भोपा की पत्नी सुधा जो महज अठारह बरस की नवयुवती थी, छत पर कपड़े सुखाने आई। कपड़े पसारकर नीचे जा रही थी कि नीरू ने रास्ता रोक लिया।

"क्या बात है भाभीजी ?" मासूमियत से उसने पूछा।

"देख सुधा, तू इन्हें बहुत पसंद है एक बार आजा...।" नीरू ने शहद में जहर की पुड़िया घोल दी थी। सुधा अकबका गई।

"देख किसी को पता नहीं चलेगा...बस एक बार!" उसने आत्मीयता से सुधा की कलाई थाम ली।

सुधा हाथ झटककर ऐसे भागी जैसे कलाई में साँप लिपट गया हो और अपने घर जाने की बजाय बिचली मंजिल पर मकान मालिक कमलकांत के

घर में घुस गई। उसकी सास सुहागी ने कभी यह ड्योढ़ी नहीं लाँघी थी। पर सुधा बदहवासी में दमयंती के पास चली आई।

"चाचीजी! देखिए तो नीरू भाभी क्या कह रही हैं..." आँखों में आँसू भरकर उसने सब कह सुनाया।

दमयंती हतप्रभ थी।

"चिंता मत कर बेटा, मत जाया कर छत पर कपड़े सुखाने। मेरे छज्जे में रस्सी बंधी है वही पसार दिया कर, और किसी से ना कहना यह बात।"

दमयंती और क्या कहती। महेंद्र के सब किस्से जानती थी, पर उसकी चरित्रहीनता में नीरू की भागीदारी जानकर वह सन्न रह गई।

पन्ना के परिवार के हवेली से जाने के बाद उड़ती-उड़ती खबर सुनी कि आखिर पचास की उम्र में महेंद्र और नीरू ने कहीं से एक बच्ची को गोद लिया। महेंद्र की इतनी ही कहानी जानती हूँ, अधिक जानना भी नहीं चाहती। उस जैसे लोगों ने मेरे दरों दीवार के साथ-साथ मेरे दिल को भी कितने दाग दिए। लालचंद के परिवार के जाने के बाद कमलकांत की तरह मैंने भी चैन की साँस ली।

□

16

पर नियति का खेल देखो, जैसे-जैसे मेरे सीने पर से पचास बाशिंदों का बोझ हलका होता गया, मन में अवसाद गहराता गया।

जो छतें-धूप सेकती लड़कियों, लाल मिर्च और पापड़ सुखाती औरतों और खेलते बच्चों से गुलजार रहतीं, जिनके दामन में पतझड़ पीले भूरे पत्तों की फुलकारी करता वहाँ अब सन्नाटा पसरा रहता। चौंतरी बच्चों की क्रीड़ा-कल्लोल को तरसती। कभी बच्चियाँ यहाँ गिट्टे खेलती थीं, अब यह स्मैकियों का अड्डा बन गई है। निर्जन दोपहर और झुटपुटी शामों में आवारा लड़के बाहर से आते और नशे की पुड़िया सूँघते।

ना अब पीपल पर गौरैया फुदकतीं, ना बंदर गुलाटी मारते बस कौओं की काँव-काँव सुनाई देती। कितनी ही रंग-बिरंगी पतंगें इसकी डालियों में आ फँसी हैं, पर कोई लूटने वाला नहीं। एक बजता हुआ सन्नाटा मेरी रग रग में पसर गया है। अजीब सा मातम छाया है।

मेरी दीवारें ढहने लगी हैं। पहले पचास लोगों का बोझ ढोती थी अब पाँच-सात का भी पार नहीं लगता। थक गई हूँ, चौकोर आँगन का एक कोना धँसने लगा है, सीढ़ियों के कोने टूट रहे हैं, दरवाजों की चौखट चरमराने लगी है, जगह-जगह से पलस्तर झड़ गया है, छतों में सीलन आ गई है, दोनों बरसातियों के टीन टपकते हैं। हवेली का फाटक ही एकमात्र है, जो आज भी बदस्तूर मजबूती से खड़ा है भीतर से जर्जर होते किसी राजे रजवाड़े की बाहरी ताम-धाम की तरह मेरी खोखली गरिमा का आडंबर रचता।

केवल कमलकांत का परिवार अब यहाँ रहता है। यह भी दिनोंदिन सिकुड़ता जा रहा है। हेमचंद्र गया, कस्तूरी और प्रतिमा शादी होकर विदा हो गईं, मन्नू देहरादून के हॉस्टल में पढ़ रही है। इंदु और सोनू अभी स्कूल में है, सो माँ-बाप के साथ हवेली में टिके हुए हैं। बाद में शायद ये भी बाहर पढ़ने चले जाएँगे। कुल चार प्राणियों में सिमट आए परिवार के लिए हवेली मीलों फैले रेगिस्तान सी बियाबान हो गई है। दूसरी मंजिल पर कभी-कभार जाना होता है, वहाँ के चौकोर खुले अहाते में अचार के मर्तबान या मसालों को धूप दिखाने के बहाने। तीसरी मंजिल तक जाने की कोई दरकार नहीं। छत पर जाए तो महीनों गुजर जाते हैं।

कश्मीरन के साथ मैंने भी महसूस की है कमलकांत के मन की खलिश—

"दमयंती! कितनी ख्वाहिश थी इस मकान को एकछत्र भोगने की। योजना बनाई थी कि सबके जाने के बाद एक-एक कर हवेली की मंजिलों का रंग-रोगन पुताई कराऊँगा, साथ ही साज-सज्जा भी। इसी नजरिए से सबसे पहले निचली मंजिल के आँगन के पत्थरों को बदलकर नई डिजाइन की टाइलें बिछाने का काम शुरू करवाया था, लेकिन...।"

दरअसल जब राजमिस्त्री ने आँगन के धँसते कोने का पत्थर उखाड़ा और एक लंबी खपच्ची नीचे डालकर मुआयना किया तो दंग रह गया। दस फुट लंबी खपच्ची भी भूमि के तल को न छू सकी। वह बोला—

"बाऊजी नीचे दूर तक जमीन खोखली है, जैसे नीचे कोई तहखाना या कुआँ हो।" सुनकर कमलकांत चिंता में पड़ गए थे।

"तब क्या उपाय है" उन्होंने पूछा।

"बाऊजी, सारे पत्थर उखाड़कर पहले मोटे सरियों का जाल बाँधना पड़ेगा। फिर दस-दस इंच मोटे स्लैब डालने पड़ेंगे, फिर...।"

"कितना समय लगेगा?"

"जनाब, महीने दिन से कम का काम नहीं है।"

हवेली के हर हिस्से की मरम्मत में ऐसी पेचीदगियाँ बताई गईं, जिन्हें

सुनकर कमलकांत की हिम्मत जवाब दे गई। विचार करते हैं—कहकर मरम्मत का काम मुल्तवी कर दिया गया।

उन्हें हवेली में रहते सत्ताईस बरस हो चुके थे, खुद बासठ की वय पार कर रहे थे। अब उम्र कितनी बची है और हवेली में रहेगा कौन! मन्नू भी विदा हो चुकी है, सबसे छोटी इंदु भी विवाह के बाद चली जाएगी। कौन जाने सोनू दूसरे शहर या परदेस पढ़ने जाएगा तो लौटेगा भी कि नहीं। दर्जनों मुकदमे लड़ने और लाखों रुपए खर्च करने के बाद कमलकांत पस्त हो चुके हैं। उदासीनता मन में पसर गई है। सोनू को बढ़ते देखना ही उनके लिए चरम आनंद है। मैं ठहरी बूढ़ी गाय की तरह बेकार और लाचार, बूढ़ी घोड़ी को लाल लगाम डालने में कमलकांत की कोई रुचि नहीं। आखिर मरम्मत का विचार छोड़ दिया गया।

नौ परिवारों को मैंने बढ़ते और सिकुड़ते देखा। कितने बच्चे जनमे, खाए खेले, जवान हुए, ब्याहे गए, जगह कम होने से कुछ चले गए कुछ को कमलकांत ने मुआवजे के रूप में रकम देकर निकाला। लालपरी, सुहागी, पन्ना और मालती जैसी हवेली की कई औरतें सिधार गईं। कुंती और गिरिजा जैसियों ने दुःख का दरिया पार किया। हेमचंद्र और राजकुमार के जीवन में कैसे कैसे उतार-चढ़ाव आए। मैं सब देखसुन कर अपने हमजोली पीपल से बतियाती। कितने लतीफे मैं सुनाती कितने शगूफे वो छोड़ता—क्या सुनहरे थे वो दिन और कितनी रूपहली रातें। अब तो उससे बतकुच्चन किए अरसा हो गया। सीने में सांसे भी उखड़ने लगी हैं।

मन्नू के ब्याह के बाद कमलकांत की सेहत नरम रहने लगी है। कश्मीरन की दिनचर्या भी सिमट गई है। कहाँ इस घर में दोस्तों परिचितों पहाड़ से आए मेहमानों का जमावड़ा लगा रहता था। परिवार में भी दसियों जन थे। छोटे बच्चों के साथ दमयंती पर बीमार सास की देखभाल का जिम्मा आन पड़ा तो बूढ़ी माँ की टहल के लिए कमलकांत ने गाँव से विधवा बहन को बुला लिया, दो भतीजे भी पढ़ने के लिए दिल्ली आ गए थे। बाद में हेमचंद्र लंबे समय तक यहीं रह गया। तब चौके में बारह लोगों की रसोई बनती थी, अब कुल चार

जन बचे हैं। कश्मीरन सिलाई, कढ़ाई, बुनाई सब में पारंगत थी। एक मिनट खाली ना बैठती, मैंने जब देखा उसे फिरकी की तरह घूमते ही देखा। इस मोहल्ले में रहकर उसने पुरानी दिल्ली के सारे पकवान व्यंजन बनाने सीख लिये। पारंपरिक कश्मीरी भोजन बनाने में तो वह दक्ष थी ही। हवेली में कितनी ही औरतें थी, उनकी सिरमौर मानी जाने वाली पन्ना की उँगलियों में स्वाद का खजाना था। जब जब उसे याद करती हूँ बड़ी सी कड़ाही में झर से कुछ तलती उसकी छवि जहन में उभर आती है लेकिन बस, इसके आगे उसमें कोई गुण ना देखा। मुझे कश्मीरन जैसी हरफनमौला स्त्री कोई नहीं लगी।

जब कमलकांत और कश्मीरन हवेली छोड़कर जाने लगे तो कोई हैरत नहीं हुई। जब बुजुर्ग हाथ पैर से लाचार हो जाते हैं, लंबे समय तक खटिया पर पड़ जाते हैं तो सेवा करने वालों का धीरज चुकने लगता है। जिस हवेली को सजा-सँवारकर चकाचक कर देने के ख्वाब कमलकांत ने बरसों तक जिंदा रखे, अब वही अपनी जिंदगी के चौथे पड़ाव की ओर बढ़ चले थे। इंदु के ब्याह के बाद घर में बचे कुल तीन प्राणियों के लिए हवेली जंगल की तरह साँय-साँय करने लगी। सोनू स्कूल की पढ़ाई खत्म करके लंदन जाने की तैयारी में था। बुढ़ापे की औलाद की हर ख्वाहिश पूरी करने के लिए कमलकांत तैयार थे। उन्हें उनके पिता ने पढ़ने के लिए बाहर जाने नहीं दिया, यह अफसोस ताउम्र कलेजे में कील सा चुभता रहा। नहीं चाहते थे बेटा उन्हें कटघरे में खड़ा करे, सो आसानी से लंदन जाने की अनुमति दे दी। कश्मीरन जरूर हैरान परेशान थी। एक ही बेटा है उसे सात समुंदर पार क्यों भेजना। तिल-तिल बड़ा होकर अब बाप के कंधे तक पहुँचा है, उसे देख जी हरा होता है। हमें कुछ हो जाए तो बेटा सँभालने लायक हो गया है, अब इसे निगाहों से दूर कैसे करें पर सारी बहनें पढ़ाई को लेकर सोनू की ढाल बनकर खड़ी हैं।

"माँ, हम सब हैं ना! चिंता किस बात की है। सोनू का सपना पूरा होने दो।"

सोनू के जाने से पहले ही चाँदनी चौक के नामी व्यापारी सिताबचंद रुई वाले ने हवेली नंबर 1162 खरीदने की पेशकश की और मैं बिक गई।

कमलकांत और कश्मीरन का हवेली से विदा होना कुछ दिनों तक मन को कचोटता रहा। फिर एक आस जगी, बियाबान में नई पदचाप मुझे फिर से आबाद करेगी। ठहरे पानी में मानो उम्मीद का कंकड़ आ पड़ा था। मैंने देखी है कमलकांत की थकन, हवेली की मरम्मत न करवा पाने की चुभन...नए मकान मालिक जरूर मुझे वेंटिलेटर से उठाकर फिर से खड़ा होने लायक बनाएँगे—इस खयाल से मैंने उम्मीद के दीये को बाले रखा।

"ओ मीता! सुन रहा है ना, देख मेरे दिन बहुरेंगे...फिर से लौटेगी बहार! बहुत हुआ मेरा बनवास...देखेगा तू फिर से मेरी शान-शौकत!" मैं लड़खड़ाती आवाज में चहक रही थी।

"हाँ, हाँ सुना है बड़ा धनी है सेठ! नाती-पोतों वाला भरापुरा घर है, मैं भी बरसों बाद रौनक देखकर जी उठूँगा।" हमजोली भी मेरी उम्मीदों में उजास खोज रहा था।

पर यह क्या! महीना भर बीतने को आया, ना मकान मालिक आया ना हवेली की मरम्मत के लिए कोई राजमिस्त्री या ठेकेदार। मेरा दिल बैठने लगा, अपना वजूद ही भुतहा होने का एहसास दिला रहा था। कश्मीरन की मीठी आवाज सुनने को दिल तरसने लगा पर कहाँ थी कश्मीरन कहाँ थे कमलकांत...अकेलेपन का सन्नाटा दिन-रात कानों में बजता। फिर एक दिन अचानक आठ-दस लोगों का जत्था आया, ऊपर से नीचे चप्पे-चप्पे का मुआयना किया और चला गया।

दो दिन बाद क्या देखती हूँ कुछ लोग दनदनाते हुए हवेली में घुसे और जीना चढ़ते हुए छत पर पहुँच गए। उनके हाथ में बड़े-बड़े हथौड़े, छेनी, पैने दाँतों वाले फावड़े जैसे कई औजार थे। मैं कुछ समझ पाती तब तक दो लोगों ने छत पर विशाल हथौड़ों से भरपूर वार किए। मेरी रूह काँप गई, लगा वे खुदाई कर रहे हैं पर छत पर कौन सा खजाना गड़ा है, जिसे ये पाना चाहते हैं। उनके औजारों का एक-एक वार मेरी छाती को छलनी कर रहा था। तभी कुछ दूसरे लोगों ने दीवारों को निशाना बना दिया। भले ही दीवारों के प्लास्टर झड़े हुए थे, सीलन से हवेली जर्जर हो गई लगती थी, किंतु अखौरी ईंटों का

भीतरी ढाँचा बेहद मजबूत था। सुना है एक दधीचि ऋषि थे, जिनका अस्थि पंजर वज्र जैसा कठोर था। मेरे भीतर भी वैसी ताकत बची है, मुझे उसी दिन पता लगा। एक एक दीवार को तोड़ने में मजदूरों के पसीने छूट गए। उनकी मशक्कत मेरे बुलंद अतीत को बयाँ कर रही थी। दिन भर मेरे सीने पर हथौड़े चला करते, मैं हताश देखती रहती। मेरा साथी पीपल भी सकते में था। दुःख दर्द बाँटना दरकिनार हम एक दूजे से निगाह भी ना मिला पाते। मेरी आलीशान इमारत के साथ-साथ मेरी आँखों में टूटते अभिमान की छाया का गवाह बनने में शायद उसे खुद शर्मिंदगी हो रही थी। यह सिलसिला महीना दिन जारी रहा।

जल्द ही मालूम पड़ा कि नए मकान मालिक ने मुनाफा कमाकर एक बिल्डर को हवेली बेच दी। वह मेरी देह को नेस्तनाबूद करके यहाँ एक अपार्टमेंट बनाना चाहता है। सँकरी गलियाँ होने के कारण बुलडोजर भीतर नहीं आ सकता था, सो कई लोग तरह तरह के उपाय लगाकर छोटी मशीनों, कटर, ड्रिल और इनसानी हाथों की मदद से हवेली को जमींदोज करने में लगे थे। कई प्रकार के उपकरणों जैसे चेन, स्लिंग और तार वाली रस्सियों की मदद से मुझे पंगु बनाया जाने लगा। आस-पास सटी हुई हवेलियों को नुकसान न पहुँचे, सो बड़ी एहतियात से मुझे पुर्जा पुर्जा अलग करके चकनाचूर कर दिया गया। मेरी रूप रंग से भरी देह धीरे-धीरे मिट्टी हो रही है। हवेली की पिछली दीवारें और पिलर अभी भी खड़े हैं, पर ज्यादातर हिस्सा मलबे के ढेर में तब्दील हो चुका है। मलबे के ढेर में पड़ी मैं अपने ही बचे-खुचे खँडहर को ताकती रहती हूँ।

ध्वंस के बाद ही निर्माण होता है, प्रलय के बाद ही सृष्टि पर मेरा ध्वंस काल के भाल से एक संस्कृति के मिट जाने जैसा था। कितनी ही नस्लों की तहजीब और रवायतों को अपने गर्भ में सँजोए इतिहास का दस्तावेज हूँ मैं। शातिर इनसान नए का लालच देकर पुराने को मिटाने पर तुला है। आज रह रहकर कमलकांत पर रोष हो आया है। काश, उन्होंने मेरे खस्ता होते ढाँचे को थामा होता, दूसरी पुरानी हवेलियों की तरह मुझ पर नया खोल चढ़ाया होता... बूढ़ी माँ की तरह वक्त पर इलाज कराया होता तो मेरी यह हालत न होती। तभी

तो उस दिन मन्नू यहाँ आई, लेकिन मेरा उठता जनाजा देख ना सकी। कैसी बदहवास उलटे पाँव लौट गई। शायद अपने बच्चों को साथ लाई थी अपने बचपन की किताब बाँचने, बेचारी नहीं जानती थी हवेली के इतिहास से उसके बचपन के पन्ने बड़ी बेरहमी से फाड़ दिए गए हैं।

सुना है आज शाम तक खँडहर को गिरा दिया जाएगा...मेरी देह के रहे सहे हिस्से मलबे में तब्दील हो जाएँगे। सीने में धड़कनें मंद हो चली हैं... बंद होने से पहले एक बार सबको याद कर लूँ—लालपरी, कश्मीरन सुहागी कुंती मालती हेमचंद्र...। लालचंद पन्ना प्रवीण महेंद्र को भी कैसे भूलूँ। जिंदगी के सफर में स्याह और सफेद किरदार साथ-साथ चलते हैं। सबने मुझे रंग-बिरंगे तजुर्बे दिए। हर आगाज का अंजाम होता है। मेरी जिंदगी को मुकम्मल बनाने में सबका हाथ रहा। अपनी कहानी के सभी किरदारों को मेरा आखरी सलाम...

□

17

पाँच साल बाद...

मानसी ने जी.पी.एस. पर अपने गंतव्य की लोकेशन डाली और गाड़ी स्टार्ट की। जल्द ही गाड़ी के चक्के पिघलते कोलतार पर लीक बनाते हुए दौड़ने लगे। आगे यू टर्न पर गाड़ी की स्टीयरिंग को घुमाते ही उसकी स्मृतियों ने भी यू टर्न लिया। वह पाँच साल पुरानी अतीत की उसी सड़क पर पहुँच गई, जहाँ उसकी ख्वाबगाह, उसकी नानी दादी सरीखी बचपन की सहेली वो हवेली निढाल पड़ी थी, लुटी-पिटी, ध्वस्त पस्त मलबे की शक्ल में। जिसे देख वह बड़ी बेरुखी से मुड़ कर चली आई थी। वह बेजार थी या पशेमान नहीं पता। उसके चले आने की वजह हैरानी थी या सदमा, व्यामोह या घबराहट! वह आज तक ना समझ सकी, पर बहुत दिनों तक खुद के बेमुरव्वत हो जाने का अफसोस रहा। एक बार तो पलटकर जाती... कैसे हवेली की पोर-पोर उसे पुकार रही थी! तनिक ठहरकर मलबे के ढेर से अपने बचपन के कतरे चुन लेती। हवेली की खुशबू साँसों में भर लेती...।

"मन्नू, क्या कर रही हो? तुमने गलत मोड़ ले लिया है, यह सड़क चाँदनी चौक नहीं जाती।"

सुनकर मानसी चौंकी, गाड़ी बैक करके उसे विपरीत दिशा में मोड़ दिया। आज गाड़ी में उसके साथ पिछली बार की तरह उसके बच्चे नहीं, बल्कि तीनों बहनें हैं। तीनों अलग-अलग शहरों से आकर इकट्ठा हुई हैं। चारों बहनें एक ही मुहूर्त पर मायके आई हों, सोनू की शादी के बाद ऐसा

दूसरी बार हुआ है। इस मिलाप की सारी भूमिका मानसी ने रची है। पिछले तीन साल से जोड़ तोड़ में लगी है। हवेली नंबर 1162 की जगह अपार्टमेंट बनाने वाले शालीमार डेवलपर्स से निरंतर संपर्क में है। जैसे ही पता लगा कि बिल्डर वहाँ आठ आलीशान थ्री बी.एच.के. बना रहा है। मानसी ने एकमुश्त पाँच फ्लैट खरीदने का करार कर लिया। इसकी ऐवज में अपार्टमेंट का नाम दमयंती निवास रखने के लिए बिल्डर को राजी कर लिया है। एडवांस देकर चारों बहनों और सोनू के नाम से पाँच फ्लैट बुक कर दिए गए। फोन पर निर्माणाधीन भवन की प्रगति का जायजा लेती रही। इस सँकरी गली में तीन ओर अन्य हवेलियाँ से घिरे प्लॉट पर अपार्टमेंट बनाना खासा पेचीदा और चुनौती पूर्ण काम था। मलबा हटाने में ही महीनों लग गए। ठेलों रिक्शों और घोडों पर ईंट, बालू सीमेंट आदि निर्माण-सामग्री की ढुलाई ने बिल्डर के छक्के छुड़ा दिए। कभी मजदूरों की किल्लत कभी मौसम की दुश्वारी...फिर बड़ी-बड़ी मशीनें, लोहे और छड़ चाँदनी चौक की मुख्य सड़क से ढोकर लाना एकमात्र विकल्प था। पाँच वर्षों का समय लग गया अपार्टमेंट तैयार होने में।

फ्लैट खरीदने के लिए बहनों और भाई को मनाने में मन्नू को जरा भी दिक्कत पेश नहीं आई। हवेली से मोह के गहरे धागे जो जुड़े थे। कमलकांत जानकर खुश हुए, पर नई इमारत देखना किस्मत में नहीं बदा था। पिछले साल हार्ट अटैक से उनका देहांत हो गया। उस समय कमलकांत की पाँचों संतानें दूसरी बार माँ को सँभालने एक छत के नीचे जुटी थीं। एक-दूसरे के आँसू पोंछते हुए उन्होंने पिता को विदा किया।

पर इस बार का जुटान कुछ अलहदा था। मुख पर हास और मन में उल्लास लिए चारों बहनें हवेली जा रही हैं।

हाल ही में अपने-अपने फ्लैट की रजिस्ट्री करवाई है। सोनू पहले ही माँ के नाम से रजिस्ट्री करवा चुका है। मानसी के मन में छाया मातम आज उत्सव में बदल चुका है। अपार्टमेंट को हवेली के पुनर्जन्म के रूप में सबने स्वीकार लिया है। हवेली का रंग रूप नया है तो क्या, गर्भ में मिट्टी तो वही

है...चोला बदला है आत्मा तो वही है...जगह वही है पता ही तो बदला है।

अपार्टमेंट के सामने खड़ी चारों बहनों ने एक्रेलिक की सुंदर नेम प्लेट पर निगाह डाली। पीतल की चमचमाती इबारत में हवेली का नया पता लिखा था—1162 दमयंती निवास।

□□□